Lebenszeichen

CLAUDIA J. SCHULZE

Short Stories

© Claudia J. Schulze, 2022, Bilder: CJ.Schulze
Lektorat: Phillo, Leipzig, Nico Heimann, Berlin
Herstellung und Verlag: BOD - Books on
Demand, Norderstedt.
ISBN: 9783756860661

Bibliotherapeutische Geschichten können triggern. In diesem Fall
möglichst mit einem Bibliotherapeuten / einer Bibliotherapeutin an
den jeweiligen Geschichten biographisch arbeiten!

INHALT

Des Wahnsinns Beute

Sie war so ein Mensch, der, wenngleich auch nicht wirklich am Anderen interessiert, sich doch zumindest die Fähigkeit zur Heuchelei bewahrt hatte, mit welcher es ihr vortrefflich gelang ein ausgesprochenes Interesse an den Erzählungen, den Nöten, den Vorkommnissen - kurzum ein Interesse am Leben Anderer vorzugeben.

Nur ab und zu war ihr gerade in letzter Zeit ein unanständiger Gähner entschlüpft, hatte eine winzige Abweichung ihrer Stimme oder ein kaum sichtbares Abschweifen ihrer Blicke die Wahrheit entblößt- nämlich die wachsende Abneigung an den Geschichten Anderer - wenngleich ihr Interesse, eben diese das nicht merken zu lassen, durchaus noch vorhanden war. Vermutlich lag es daran, dass ihr der prinzipielle Tauschwert eben jener Währung bekannt war – allzu bekannt durch eine, während einer heftig durchlebten psychotischen Phase überall qualvoll empfundene Einsamkeit - ausgelöst durch die Unmöglichkeit mit Anderen in einen zumindest annähernd vernünftigen Kontakt zu treten. Auch hatte sie sich des Eindrucks nicht erwehren können, dass man sie mied.

Dies war keinesfalls lediglich ein trügerisches Gespinst ihrer Einbildung. In der Tat versetzte ihr temporäres Abgleiten in den Wahnsinn Freunde wie Verwandte gleichermaßen in eine elende, schwer zu beschreibende Stimmung.

Ob es eine allgemeine Alarmbereitschaft war oder eine spezifischere Abscheu, vermochte sie nicht mit Sicherheit zu sagen – doch stand es außer Frage, dass sich die Menschen von ihr abwandten, dass ihr Anders - Sein zu einem Graben wurde, den kaum einer mehr gewillt war zu überbrücken. Kein Sturm, nicht einmal mehr ein kleiner Wind. Vielmehr der schwüle und trockene Stillstand eines Gewächshauses, in welchem weder Tomaten noch Bohnen gediehen, sondern ausschließlich wurmartige Gebilde, Auswüchse eines tückischen Wahnsinns, mit dem ihr Geist sie vorübergehend bestraft hatte.

Wie eine schwere Strafe, vermutlich gar die höchst denkbare Strafe, war ihr das zumindest vorgekommen. Eine Weile hatte es gedauert sich aus dem so bedrohlichen, giftgrün wirkenden

Geflecht und den darin verwobenen Fallstricken in sich zu befreien.

Ich denke nicht, dass es ihr hinterher noch möglich war ein ernsthaftes Interesse für einen anderen Menschen aufzubringen. Wenn man einmal so weit weg war - gleichsam als hätte man vom Baum der Erkenntnis gegessen- wie kann man dann jemals wieder in den mehr oder weniger paradiesischen Zustand der Unkenntnis gelangen?

Der Unkenntnis darüber, dass die Hölle kein Ort ist, der einen erst nach dem Tod erwartet und der irgendwo tief unter der Erde lokalisiert ist. Das schmerzhafte Wissen darüber, dass sie mitten in uns sitzt. Das Wissen darüber, dass sie unsere Seelen mit einem Schlag zerschmettern kann, oder aber sie auch langsam ersticken kann, wie es ihr beliebt. Die Hölle, die jederzeit ausbrechen kann wie ein bösartiger Vulkan und alles, das jemals gut war, auslöschen kann, wenn ihr danach ist. Das Wissen darüber, dass man dennoch auf eine Art angezogen ist von dem Weg zum Wahnsinn hin. Angezogen von der Verlockung sich ihm ganz und gar hinzugeben.

Ich denke das Gefühl einer solch universellen Bedrohung lässt keinen Zweifel daran aufkommen, dass es vielleicht einen Weg hinaus geben mag – nicht aber einen Weg zurück.

Und so stand sie draußen. Sie stand da ebenso draußen, draußen vor der Tür, wie der Kriegsheimkehrer Wolfgang Borchert.

Der Heimkehrer, der keiner war. Nur, anders als er, hatte sie ihren Fuß in der Tür. Zumindest den.

Ihre Verbindungsstelle waren die Konventionen, die sie studierte und an denen sie sich zu orientieren vermochte. Auch fand sie heraus welche Eigenschaften bei den meisten Menschen die geschätztesten waren, und sie machte sie sich zu Eigen. Eine dieser Eigenschaften war das Zuhören-Können. Bald schon war sie dafür bekannt immer ein Ohr für die Menschen zu haben, aufmerksam und interessiert dem zu lauschen, was sie ihr zu offenbaren sich getrauten. Diese Gabe, die ja keine war, sondern lediglich etwas Antrainiertes, verhalf ihr über einen langen Zeitraum zu so etwas wie Freundschaften. Sie fühlte sich wohl dabei. Nur konnte wohl damals niemand außer ihr selbst wissen, dass auch dieses zeitlich begrenzt sein würde, denn die Krankheit, in ihr regte sich wieder.

Die Krankheit, die sie von jedem abtrennte - auch von sich selbst. Es begann unscheinbar mit der vorab erwähnten zunehmenden Unfähigkeit das Interesse für den anderen wenigstens noch vorzugeben.

Ihr Gähnen kam für den, der sich ihr öffnen wollte, einem Schlag ins Gesicht gleich. Man nahm es ihr übel. Es schien einfach alles zu entwerten und in Frage zu stellen. Anderen Menschen hätte man es vielleicht nachgesehen – nicht aber ihr. Zu hoch war die Meinung über sie mittlerweile ange-wachsen.

Fast schon hatte diese hohe Meinung an Verehrung gegrenzt denn unter den Menschen gibt es nur wenige, die zuhören können. Umso besonderer, verehrenswerter war sie erschienen – als eine Ausnahme, als jemand, der die Welt besser machte als sie tatsächlich war.

Diesen Glauben, diese Hoffnung hatte sie zu geben vermocht. Und beides zerbarst an der Grausamkeit ihres Gähnens, dem winzigen, aber unüberhörbaren Ton des Gelangweilt-Seins in ihrer Stimme, dem unabwendbaren Abschweifen ihrer Augen, dem offenbaren Unwillen die anderen auch nur noch aussprechen zu lassen. Und sie, die das Gefühl ihres Werts, ihrer Wichtigkeit aus ihr geschöpft hatten, fühlten sich mit einem Mal so furchtbar betrogen.

Als der Wahnsinn sie schließlich wieder fest bei sich hielt und sie ganz und gar für sich alleine zu haben glaubte, bemerkte er, dass sie diesmal nicht alleine gekommen war. Viele waren ihr gefolgt. Zu viele für seinen Geschmack, denn selbst der Wahnsinn ist ab und an gerne für sich.

Das Fensterbild

An unzähligen Tagen war ich auf dem Weg zur Arbeit hin an seinem Fenster vorbeigegangen. Sehen ließ er sich nicht oft, vielleicht war ihm bewusst, dass er kein Mensch mehr war, der sich so ohne weiteres sehen lassen konnte. Oft roch ich nur die Mischung aus kaltem Rauch und altem Matetee, die zu jeder Zeit aus seinem Zimmer drang, da er sein Fenster Tag und Nacht geöffnet hielt. Der Fensterbauer hatte das Fenster beim Einbau wohl mit einem Fensterladen verwechselt-

oder aber er war nicht recht bei der Sache gewesen. Im Ergebnis jedoch ließ sich dieses Fenster lediglich nach außen öffnen, wo es direkt über dem Fußweg aufklappte wie die erstaunten Münder der Passanten. Zumeist war es verschmutzt, was jedoch nicht unvorteilhaft war, da man somit vorgewarnt war und sich den Kopf nicht stieß. Auch Vögel fielen nicht auf dieses Fenster herein in dessen Mitte ein Fensterbild prangte. Es handelte sich um ein blau-grün-gelbes Mandala, in dessen Mitte eine Art Paradiesvogel abgebildet war. Dieses Fensterbild war es was ich, gemeinsam mit dem kalten Rauch, dem Matetee und dem Wissen um sein enormes Bücherregal (er hatte es mir einmal zu meiner Verblüffung gezeigt) mit dem ansonsten beinahe unsichtbaren Nachbarn verband. An manchen Tagen erschien er kurz am Fenster. Kurz zwar, doch lang genug, dass ich an den letzten Tagen vor seinem Tod deutlich sehen konnte wie es um ihn stand. Im Grunde hätte mich das, was folgte nicht wundern dürfen. Dennoch. Der Container vor seinem Fenster, randvoll mit einigen kleinen Möbelstücken und unzähligen

Büchern, verstellte mir den Weg. Er verstellte in mir in mehr als nur einem Sinn. Ich kam nicht an ihm vorbei, und ich kam nicht über ihn hinweg. Merkwürdig angesichts der Tatsache, dass es sich um eine mehr als beiläufige Bekanntschaft gehandelt hatte. Vielleicht weil dieser Tod mich beschämte. Dieser einsame Tod und dieses Leben, das nun im Container lag. Ganz oben auf dem wüsten Stapel des nicht mehr Brauchbaren war auch das Fensterbild. Es war an einer Seite mit einem Buch eine Art Symbiose eingegangen, indem es sich an es zu schmiegen schien. Auf der anderen Seite flatterte es bereits ein wenig im Wind, so als wollte es sich rasch in die Lüfte erheben. Ich nahm es mit mir. Zunächst wollte ich es an meinem eigenen Fenster befestigen, doch dann erschien mir das, ich weiß nicht warum, unpassend. Vorsichtig legte ich es zur Seite und befestigte es mit einem meiner Bücher, damit es sich nicht wellte. Gewellte Fensterbilder haben grundsätzlich weniger Optionen, und ich möchte, dass es nichts gibt das dieses Bild aufhalten könnte. Irgendwann würde seine Zeit kommen. Wenn ich mir jemals einer Sache sicher war, dann dieser. Jetzt wartet es also auf seinen nächsten, besseren Bestimmungsort.

Wie wir alle, irgendwie.

Im Zug

Meine Bekannte hat Probleme mit Menschen aber sie spricht nicht gern darüber. Besonders nicht mit mir. Meine Bekannte meint nämlich, mit meinem Nähe-Distanz-Problem sei ich sowieso nicht kompetent um ihr in diesen Dingen einen Rat zu geben. Außerdem hat sie Angst davor was man von ihr denken könnte. In K. ist das auch tatsächlich ein Problem. Ob es am See liegt oder an den Bergen? In K. gibt es Beiklänge. Schwer zu erklären was das ist, aber die Beiklänge zerstören Worte und damit auch Menschen. Warum sonst überkommt mich diese so tröstende Sicherheit wenn ich wieder mal im Zug von K. wegfahre.

Diese pochende Erleichterung die mit jeder Minute wächst in der der Zug hinwegruckelt von allen die ich kenne.

Aber, halt. Das stimmt nicht ganz. Im Zug da gibt es diesen Mann. Ich nenne ihn den Seher.

Er steigt immer einen Bahnhof weiter ein und sammelt von den Plätzen auf was er so finden kann. Eine überdimensionierte, randlose Brille vergrößert seine Augen ins Unerträgliche. Der Seher fährt immer so lange mit bis er genug zusammensuchen konnte. Er kann nicht ohne etwas aussteigen.

Mir zwinkert er ein jedes Mal hinter dieser unbarmherzigen Brille zu und ich glaube, dass ich ihm ähnlich bin auf irgendeine komische Art und Weise und doch auch wieder gänzlich unähnlich.
Natürlich sammle ich keine Flaschen, Zeitungen, Zigaretten oder so was.
Ich sammle Worte. Echte Worte.
Manchmal muss ich der Geschwätzigkeit das Wichtige entreißen. Und der Stille.
Mit gänzlich Fremden spricht man zuweilen mehr, zuweilen weniger. Wenn, dann aber furchtloser.
Manchmal muss ich ihnen dabei ganz schön auf die Pelle rücken. Oder sie mir.

Im Zug ist das niemals ein Problem.

Aber die darf sonst keiner kennen. Diese geheime Wortsucht, Geheimsucht, Sehnsucht.

Es geht nicht anders. Und im Zug bleibt alles ungeahndet. Das gibt Gewissheit. Ich werde nicht ohne etwas aussteigen. Nicht ohne etwas aussteigen. Doch warum ist da plötzlich dieser Bekannte aus K. Er ist mit mir eingestiegen. Weiß er denn nicht, dass er damit meine Welten durcheinander wirft. Vor ihm kann ich doch nicht sprechen. Und dann kann ich nicht aussteigen. Ich sehe ihn an. Sein Lächeln gefällt mir. Sehr sogar.

Und seine Hände. Aber das kann ich ihm doch nicht einfach sagen. Hier im Zug könnte ich es sagen. Das stimmt. Im Zug gibt es außer den Geräuschen des Zuges selbst keine Beiklänge.

Nur wird er wieder zurückkehren nach K. Und dort werden Beiklänge meine Worte zerstören.

Es gibt nur wenige, denen die Beiklänge nichts anhaben können. Ob er dazu gehört?

Ich werde es wohl nicht erfahren. Er steigt mit dem Seher aus, läuft zur Unterführung.

Der Seher geht über die Gleise in die andere Richtung. Eine Zeitung zerknüllt unter dem Arm.

Eine Zigarette und ein verzerrtes Grinsen im Gesicht, Flaschen in den Händen.

Der Zug fährt an. Ich stehe am Fenster. Jemand streift beim Vorbeigehen meinen Arm. Blass ist er und irgendwie verlegen.
Bleibt trotzdem neben mir stehen und beginnt zu erzählen. Seine Augen ruhen auf meinem Mund.
Ich spreche mit ihm ohne nachzudenken.
Im Zug ist das niemals ein Problem. Es gibt keine Beiklänge.

Worte. Echte Worte. Sie zeigen mir den Weg und die Endstation.

Denn immer, wenn ich sie gefunden habe, komme ich auch an.

Die Hölle

Nachts kann ich jetzt immer so schlecht schlafen. Ich höre es ticken. Klack. Klack. Es wird lauter. Wie bei einem Küchenwecker der erst kurz vor dem Rasseln lauter wird. Klack. Klack. Klack.
Ich spüre es. Ich weiß es. Sobald er rasselt ist unsere Zeit abgelaufen. Ist meine Zeit abgelaufen.

In diesem Jahr musste sich entscheiden ob unsere Liebe sterben würde oder nicht. Ob sie meine innere Hölle überleben würde. Die Hölle, deren Tor du für mich geöffnet hast.

Die Hölle, über die wir beide nicht mehr sprechen können. Über die niemand jemals wirklich wird sprechen können. Das hatte ich Dir bereits im vergangenen Herbst gesagt.

Jetzt ist es Mai. Die letzte Nacht im Mai. Und unsere Zeit läuft ab. Meine Zeit. Sie ist schon abgelaufen. Das lauterwerdende Klack erinnert daran. Denn nur wenn das Ende schon beinahe erreicht ist wird das Geräusch lauter. Aber ich glaube es erst, wenn der Wecker wirklich rasselt. Obwohl ich es jetzt schon weiß. Beinahe. Morsch fühl ich mich, gar nicht so wie man sich im Mai so fühlen sollte. Von Särgen träume ich. Und du liegst drin. Ob ich Dir das sagen soll? Nein. Ich will dir keine Angst machen. Obwohl das angeblich nicht bedeutet, dass du wirklich stirbst.

Es ist symbolisch. Etwas ist zu Ende. Einfach abgelaufen. Klack. Klack.

Mit diesem kleinen, lächerlichen Geräusch. Völlig unspektakulär. Ich wundere ich mich. Aber ich weiß nicht, worüber. Morgen früh wirst Du wieder launig Deinen Kaffee trinken. Du wirst mit mir etwas Besonderes unternehmen wollen. Vielleicht frühstücken gehen? Es ist ja Feiertag. Da kann man sich so was ja schon einmal gönnen...

Du wirst mich einladen. Ich werde mitkommen da ich sowieso nichts Besseres zu tun habe.

Du wirst Dir eine Zigarette anzünden.

Dann werde ich mir noch eine Portion Spagetti bestellen.

Du wirst mich fragen, ob ich nicht schon genug gehabt hätte.

Das werde ich verneinen.

Den Anblick der Spaghetti werde ich genießen. Der Typ aus der Küche macht sie hier nämlich immer so matschig.

Dann wird mir schlecht werden. Im Klo von der Kneipe. Zu viele Spaghetti. Du wirst es aber nicht mitkriegen. Dezent lächelnd werde ich an Deinen Tisch zurückkommen. Klack. Klack.

Du wirst zahlen. Nur die Spaghetti muss ich selbst zahlen.

Die waren ja nicht geplant. Zum Frühstück.

So was konnte man ja vorher nicht wissen.

Die Ausstellung

Da war es plötzlich, dieses Bild. Es zog mich zu sich. Martin, Dieter und Angela waren schon von Bild zu Bild bis hin zum Mittelgang vorgegangen. Angela las aus einem Katalog vor. Ich blieb stehen. Dieses eine Bild. Ich konnte nicht mehr weitergehen. Diese junge Frau auf dem Bild. Ihre Augen. Martin und Dieter diskutierten lautstark über die Pinselführung im Frühwerk des Künstlers. Recht lange war es her gewesen, dass ich mich gefühlt hatte wie jetzt da ich in diese Augen blickte. So wenig allein. Diese junge Frau auf dem Bild. Sie sah mich. Sie musste mich sehen. Und ich sah sie. Ich sah *sie*.

Hinter der jungen Frau eine schmeichelnde Märchenlandschaft. Äußere Schönheit.

Verführerische Illusion. Doch sie sah zu mir. In mich. Unmöglich, mich ihrem Blick zu entziehen. Zu lange schon hatte ich dieses Gefühl nicht mehr gehabt. Das Gefühl, dass mich jemand *sieht*. Und ich konnte nicht mehr wegschauen. Nicht mehr wegschauen. Nicht mehr. Oder doch mehr? Sollte ich sie bitten, aus dem Bild zu steigen? Mit mir nach Hause zu gehen? Sollte ich das Bild einfach mitnehmen? Verstohlen blickte ich mich um. Hinter mir war unbemerkt ein gepflegter älterer Herr an das Bild herangetreten. Selbstgefällig grinste er hinein. „Gefällt Ihnen wohl, das Bild, was?" Mit dem Zeigefinger tippte er auf die kleine Tafel rechts neben dem Bild. „Privatbesitz". „Ist mein Bild". Ich folgte seinem Blick. Erschrak.

Er *sah* sie nicht. Und da wusste ich, dass auch ich aufgehört hätte sie zu sehen, wenn ich meinem Wunsch nachgekommen wäre, sie mit mir zu nehmen. Weil das immer so ist. So stand ich da, antwortete dem älteren Herrn nicht auf seine Frage und genoss einfach nur ihre Nähe. Wie lange ich da stand weiß ich nicht. Irgendwann kam Angela, um mich zu holen. Lass mich noch bleiben, dachte ich. Und zwang mich zu gehen. Angela sollte nicht merken, wie schwer mir das fiel. Die Augen der jungen Frau blickten mir nach.

Ich konnte sie deutlich spüren. Und es machte mich glücklich. Wunschlos. Martin und Dieter diskutierten mittlerweile angeregt und lautstark über die fehlende Perspektive in der bekannten Bildserie die der Maler unmittelbar vor seinem Tod vollendet hatte.

Es gibt keine Perspektive, dachte ich.

Es gibt niemals eine Perspektive.

Es gibt immer nur einen Blick. Und manchmal - ganz selten- passiert es, dass einer den anderen sieht.

Worte

Ein Mensch zeigt sich, finde ich, häufig in seinen Worten. In der Art und Weise, im Charakter dessen was seine Worte in ihrer bestimmten Anordnung ausdrücken, was sie beschreiben und wie sie es tun. In manchen dieser Anordnungen liegt eine besondere Schönheit, eine bestimmte Leichtigkeit oder Eleganz, vielleicht sogar auch Scharfsinn, Tiefe oder Stärke; möglicherweise eine erleichternde Klarheit oder aber ein fesselndes Mysterium.

Es kann Eitelkeit darin liegen, Bescheidenheit oder der einfache und unbedingte Wunsch nach einer übergeordneten Wahrheit, die man in den Worten zu finden glaubt.

Es gibt die atemberaubenden Wortarchitekten, es gibt die Eroberer und Jene welche die Sprache auseinanderreißen um sie neu anzuordnen, die stillen Poeten gibt es, die klaren Philosophen und allerlei verblüffende Wortjongleure jeglicher Couleur. Und es gibt bei einigen der oben Genannten durchaus die, die etwas ausdrücken. Die wirklich etwas sagen.

Die, die selbst hinter ihren Worten hervortreten. Und eben jene sind für mich die wahren Dichter. Manchmal sind es besondere Sätze die sie formulierten, ebenso wie nur sie sie formulieren konnten weil diese mit ihnen auf das Engste verwoben sind.

Es sind solche Sätze die man einmal gehört oder gelesen hat, und die einen im Anschluss über die Jahre begleiten.

Es gibt solche Sätze die ich mir aufschreibe und die ich mit ins Bett nehme, wenn es mir schlecht geht und ich einer besonderen Stärkung bedarf. Es sind die Sätze, die ich mir in die Handtasche packe wenn ich zu einer Beerdigung gehen muss oder zu einer Prüfung. Manchmal stecke ich sie auch in die Hosentasche – meistens dann, wenn ich wieder mal den Glauben an die Menschheit verloren habe. Um ehrlich zu sein bin ich ziemlich wählerisch was diese Sätze, diese individuellen, einmaligen Anordnungen der Worte, betrifft. Weitaus wählerischer als beispielsweise in der Auswahl meiner Handtaschen und Hosen. Und das muss ich auch sein, denn wie sonst könnten sie sonst eine wirksame Gegenkraft entfalten. Und genau das tun sie, diese aus einfachen Buchstabenfolgen zusammengesetzten Worte. Man kann sie einfach nicht, das muss ich eigens nochmals betonen, hoch genug einschätzen. Dies widme ich einem Freund. Er wird wissen, zumindest ist das meine Hoffnung, dass *er* gemeint ist.

Redaktionsprobleme

Und da sitze ich nun wieder einmal in der zugigen Redaktion dieser Literaturzeitschrift und bewerte die voll Hoffnung aufgegebenen Texte unbekannter Autoren. Soll ich ein Plus daraufsetzen? Oder ein Minus? Soll ich mich gar enthalten? Kann ich mich enthalten? Über wen richte ich? Über Texte oder über Menschen? Ich wühle mich durch den Stapel. Die Lesung von neulich kommt mir in den Sinn: eine Realsatire. Der Autor, ein

Mensch mit roten Ohren, trug seine Geschichten vor. Gestammelte Onanie-Beichten.

Bubenklo-Wunschträume, ungelenk, fast wie von Kinderhand geschrieben. Er möchte mal ein ganz Großer werden. Tabuthemen aufgreifen wie einst Bukowski.

Als Bürgerschreck brillieren.

Mit Schulmädchenreportphantasien die Nation aufrütteln. *"Ficken"* hatte er abschließend ganz anklagend gerufen, die Arme in die Luft gerissen und dabei heischend in die Runde geschaut. Ob seine Gesellschaftskritik angekommen war? Das Publikum in Entscheidungsnot. Ein Blick auf seine bebenden Nasenflügel. Er meinte es wohl ernst. Lachen unerwünscht. Betretenes Schweigen im Raum. Die Bedienung räusperte sich.

Schließlich holpriges Klatschen. Eigentlich Hohn. Auch Höflichkeit kann vernichtend sein.

Vereinzeltes Kopfschütteln. Blicke. Vielsagend.

Ich klatschte nicht. Wollte mich enthalten.

Überraschende Zufriedenheit beim Autor. Seine aufwühlenden Metaphern kamen wohl rüber, meinte er später. *"Welche denn?"* hatte die Bedienung trocken gefragt. Keine Antwort.

Hörte wie er in der Pause erzählt. Richtig berühmt will er werden. Hat seine Texte schon an einige Literaturzeitschriften geschickt. Bis jetzt waren die noch nicht reif für sein Talent. Schaute mich von der Seite an als wüsste er mehr als ich. Ob seine Geschichte demnächst bei mir auf dem Schreibtisch landen würde, hatte ich mich gefragt. Hatte ihm zugeprostet. Keine Ahnung, warum. Seine Hände hatten beim Zigarette anzünden gezittert. Meine zittern jetzt. Die Antwort. Sein Skript liegt vor mir. Gestern kam es mit der Post. Eine Briefmarke von Goethe drauf. Ausgerechnet. Soll ich ihm ein Plus schenken? Damit einer anspruchsvollen Literaturzeitschrift den Todesstoß versetzen?

Darf ich ihm ein Minus verpassen? Wie viele Minus kann er ertragen? Wird er sich irgendwann ertränken, erschießen, erhängen um aus dem Minus ein Plus zu machen? In Form eines stummen Kreuzes auf seinem frühen Grab?

Mit goldenen Lettern die auf ewig von seinem Namen künden? Das kann ich nicht verantworten. Ich bin Literatin, Ästhetin. Blutige Angelegenheiten sind nicht meine Sache.

Und selbst wenn ich mich irren sollte. Ich kann das Risiko nicht eingehen. Ich muss mich enthalten. Richtig enthalten. Gleich morgen werde ich in der Redaktion kündigen.

Ich stehe auf und schließe das Fenster.

Winterwende

So lange scheint es gar nicht her zu sein, dieses Frühjahr, in dem mir Lilly eine Blume gezeigt und mir gesagt hatte, dass hier eine Blume geboren worden war. Sie war mir immer wie ein magisches kleines Wesen erschienen, so winzig und verträumt. Man konnte nicht sagen, dass sie nicht in diese Welt gepasst hätte. Denn das tat sie. Sie passte nicht nur hinein – sie machte sie vielmehr schöner. An manchen Tagen erschien mir allein ihre Existenz der einzig nachvollziehbare Grund zu sein, warum wiederum mir selbst das Leben so schön erschien. Durch ihre Augen war es das und sie zog mich in all ihre großen und kleinen Wunder mit hinein – und das mit einer Vehemenz, die wohl nur Kinder noch aufzubringen imstande sind. Einmal trug sie einen toten Maulwurf in ihren zarten, weißen Händen heran und selbst der

im Grunde unschöne Akt, diesen bereits der Ver-
wesung anheimgefallenen Maulwurf zu begraben, wurde an ihrer Seite zu einem Erlebnis.

Sie nannte ihn „Braunschnäuzchen" und legte
großen Wert auf eine feierliche Beisetzung.

Sie brachte alles an: verletzte Vögel, Schnecken,
Käfer. Es schien fast nichts zu geben vor dem sie
Angst haben könnte. Lediglich Eulen fürchtete
sie. Ich weiß nicht warum, doch sie behauptete
oft, dass Eulen in der Nacht durch ihren Rollladen
schauen könnten. Lilly liebte es, Märchen zu
hören. Doch die Geschichte der kleinen See-
jungfrau gefiel ihr nicht. Ich erinnere mich daran
wie sie sagte, dass sie niemals ihre Stimme für
einen Prinzen würde weggeben wollen.

Geradezu entsetzt hatte sie gefragt, ob denn ich
so etwas jemals machen würde.

Um sie zu beruhigen hatte ich ihr, ohne jedoch
zuvor hinreichend gründlich über diese Frage
nachgedacht zu haben, zugesichert, dass auch ich
in diesem Fall einen anderen Prinzen für mich
ausgewählt hätte.

Erleichtert hatte sie mir beigepflichtet: „Ja, einen
mit ʼner Flosse!" war ihre ebenso weise wie

pragmatische Antwort gewesen. Was hätte ich gemacht? Schwer zu sagen. Doch für Lilly war der Fall klar.

Das Pragmatische stand dabei keinesfalls in einem Gegensatz zu ihrem Sinn für die Magie.

Zu diesem Zeitpunkt ihres Lebens zumindest, noch nicht. Als sie erwachsen wurde und zum kalten Beginn des letzten Jahrzehnts fortging, konnte ich mich nicht mehr länger auf ihre Einschätzung der Lage verlassen.

Vielmehr musste ich nun beginnen, mir selbst Gedanken zu all den Dingen zu machen, auf die Lilly so schnelle und präzise Antworten gewusst hatte.

Es war weitaus schwieriger als ich befürchtet hatte.

Aber eines nachts im März, ich war aus dem Schlaf hochgeschreckt da ich mir sicher war, von einer Eule durch den Rollladen beobachtet worden zu sein, wusste ich alle meine Fragen mit einem Mal beantwortet.

Erzählt habe ich niemandem davon. Eulen sind nicht nachtragend.

Doch schätzen sie Geschwätzigkeit zu keiner Zeit.

Ein Fremder

Der verhüllte Greis sah Akim starr in die Augen und fragte: »*Wen suchst du hier?* «

Er sprach deutsch, was Akim noch stärker befremdete als sein unvermitteltes Erscheinen.

Die marokkanische Wüste war nicht eben der Ort, deutsch zu sprechen.

Sprache, Land und seinen Taufnamen hatte er bereits hinter sich gelassen, aber offensichtlich war er noch immer nicht weit genug weg. Akim spürte eine grauenhafte Scham darüber, dass der Alte den Deutschen in ihm erkannt hatte. Hatte er sich in den vergangenen Jahren nicht etwa redlich bemüht, ein wahrer Marokkaner zu werden? Doch den Alten kümmerte das nicht. Was konnte er denn bloß von ihm wollen? Akim wand sich, kratzte sich, um sein Zittern zu verbergen, und verfluchte ihn, den Ungerührten, insgeheim.

Langsam nickend drehte dieser seinen mageren Körper in dem verwitterten, von feinen Tüchern umsponnenen, Kopf weg, als wüsste er bereits, dass er von Akim keine Antwort erwarten könnte.

Allein blieb Akim zurück, machte sich nicht die Mühe, der Fata Morgana im Gewand eines rätselhaften Alten zu folgen, denn in der Wüste muss man seine Kräfte zusammenhalten.

Doch dann, er konnte es sich nicht recht erklären, begann er zu laufen. Gegen den heißen Sand ankämpfend folgte er der Gestalt. Sand und Sonne verdunkelten seinen Blick, aber die Angst, den Mann nicht mehr zu erreichen, ließ ihn weiterlaufen. Wie verlassen fühlte er sich mit einem Mal ohne diesen Menschen, wie ganz und gar allein.

Als er ihn fand, verlangsamte sich sein Schritt. Akim sank in die Knie neben den Alten, der da lag. Tot, in der Wüste, das Gesicht vom Sand schon halb zugedeckt.

Warum er ihm den Sand aus dem Gesicht strich, wusste er auch nicht. In der Wüste war eine solche Geste sinnlos. In wenigen Augenblicken würde sie ihn wieder unter sich begraben haben. Aber er musste sich dieses Gesicht noch einmal genau anschauen. Und als es schließlich entblößt vor ihm lag, wusste er, warum. Es war sein eigenes Gesicht.

Und er wunderte sich nicht einmal darüber. Ruhig drückte er sich selbst die Augen zu. Es war vorbei.

Er war gestorben. In der Wüste. Allein. Heute. Aber irgendetwas an seinem Tod unterschied sich von dem Bild, das er sich vom irdischen Ende immer gemacht hatte. Der Tod hatte ihn nicht, so wie er sich das erhofft hatte, von seinen Gedanken, befreit. Konnte ein Toter leiden, etwa mehrfach sterben?

Und was bedeutete das »*Heute*« in der Wüste? In einem Ort, in dem es Raum und Zeit nicht zu geben schien? Wo Realität und Illusion eines waren. Was zählte in Anbetracht des Endes? Was war wesentlich?

Wesentlich war in der Tat, er konnte nicht umhin, sich dies einzugestehen, dass er allein gestorben war, in der Wüste, weit weg von dem Ort, an dem er geboren wurde, weit weg von dem Land, in dem er nicht hatte leben können. Das war Deutschland gewesen. Genauer: Die Insel Norderney.

Die Insel, auf der er nichts gewesen war. Wo man durch ihn hindurchgeschaut hatte wie durch einen Fremden.

Wie hatte er sich damals gewünscht, ein Fremder zu sein. Dann wäre ja klar gewesen, warum man ihn gemieden hätte, den Fremden auf der Frieseninsel. Aber er war ja kein Fremder. Er war Akim, geschwisterloser Sohn des Fährmanns, dessen Familie schon immer auf Norderney gelebt hatte. Leider. Wenn er in den Schulpausen also allein auf dem Hof herumstand, dann hatte das einen anderen Grund.

Dann war nur Akim, einst Achim genannt, persönlich gemeint. Selbst wenn er keinerlei Erklärung dafür finden konnte, warum das so war. Er hatte wahrlich nichts unversucht gelassen, sich Zuneigung und Bewunderung der anderen zu erdienen, aber seine Bemühungen waren umsonst gewesen.

Auf der Insel gab es nicht viele wie ihn, aber später, als er zum Studieren weggezogen war, da lernte er sie kennen. Jene, die wie er nach H. gezogen waren, in der Hoffnung, hier neu anzufangen. Auch Akim hatte es versucht, aber er hatte mit all diesen Existenzen nur eines gemein. Die Sprachlosigkeit. Sie alle waren letztlich die Ausgestoßenen, die Sonderlinge. Was gab es da noch zu reden? Stattdessen übten sie sich in der verzweifelten Sprache des hastigen Geschlechtsverkehrs. Akim verkehrte mit, er lockte sie sich nacheinander mit Bier und mit dem Kiff, den meist er bezahlen musste, in seine Wohnung, nahm was kam, alt oder jung, schwarz oder weiß, gesund oder krank, Mann oder Frau.

Über das Geschlechtsorgan dockte er an, wollte ihnen, die es doch selbst nicht wussten, das Geheimnis des Verbundenseins entlocken.

Ein bis in den After hinein heftig juckender Tripper, welchen er sich bei einer dieser Gelegenheiten zugezogen hatte, trug er stolz wie ein Mann in jener Hose umher, in der er nunmehr nicht mehr allein zu stecken schien. Der Geschlechtspartner des vergangenen Wochenendes, dessen Name ihm bereits entfallen war, begleitete ihn. Die kleinen Stiche, die er beim Gehen und beim Pinkeln verspürte, waren warme Empfehlungen, Ehrbezeichnungen.

So hatte er sich entsprechend siegessicher dem wortkargen Dermatologen präsentiert.

Sollte dieser den Beweis dafür sehen, dass sich jemand für ihn interessiert hatte. Das war es, was schließlich zählte: ob für eine Minute, eine Stunde, eine Nacht: Er war nicht allein gewesen.

Allein hatte er sein ganzes sonstiges Leben verbracht, trotz aller Bemühungen, dies zu ändern. So hatte er in den langen Jahren seines Philosophiestudiums sieben Sprachen gelernt. Wegen sieben einfacher Frauen aus der Fremde. Leichten Frauen, die einfache Lösungen und unbekannte Rezepte für das Leben mitgebracht hatten. Sieben Frauen, die er kennen gelernt und die ihn nacheinander verlassen hatten. Und das, obgleich er alles von ihnen übernommen hatte. So war er Vegetarier und Metzger, Atheist und Prediger, Dieb und Kommissar gewesen, hatte sich gehäutet für jede neue Frau, hatte ihre Kleider angelegt und wurde am Ende doch von jeder abgelegt.

Nur eine war bei ihm geblieben - äußerlich zumindest. Das war Aya aus Marokko gewesen. Marokko. Wegen Aya und wegen seiner Hoffnung war er in dieses Land gekommen.

Hier würde sein Anderssein nicht auffallen, hatte er vermutet, denn wenn er fremd erschiene, dann mit gutem Grund. Aber gerade dadurch würde er hier irgendwann dazugehören, da war er sich sicher gewesen auf der Busfahrt nach Casablanca, wenngleich er damals schon ahnte, dass die Begegnung mit ihm und Aya nichts mit Bogart und Bergmann zu tun haben würde.

Es war vielmehr das arrangierte Treffen eines listigen Vermittlers gewesen, der chronisch ungeliebte marokkanische Frauen durch Heirat mit glücklosen Europäern aus dem Land schleuste, und obgleich sie sich nicht kannten, war doch das gemeinsame Verlorensein eine mögliche Basis für ihr zukünftiges Zusammenleben. Er würde ihre Kleider tragen, ihre Sprache sprechen, ihre Liebes- und Klagelieder singen. Wenn sie sich ihm nur dafür schenkte, er dafür nur einen Menschen erhielte, der bei ihm bleiben würde.

Damals, im Bus nach Casablanca, war Aya nur eine Vorstellung in seinem Kopf gewesen.

Noch hatte er nicht gewusst, wie sie aussah. Nur dass sie fünf Jahre älter war als er hatte er erfahren und dass sie keine Kinder zu gebären bereit war, da sie ihr Leben in Freiheit zu genießen wünschte. Das hatte Akim nicht gestört, denn so würden sie einander genug sein können. Verstohlen hatte er sich damals im Bus an sein Brautgeschenk gepresst. Es war ein Parfümflakon gewesen. »*Princesse*«, denn das hatte sie für ihn sein sollen, hätte es ihn doch zugleich in ähnlich edlen Stand erhoben.

Im Bus auf dem Weg nach Casablanca hatte er sich dieses neue, dieses erste Leben zurechtgeträumt.

Ein Lächeln hatte sein Gesicht ergriffen, als er sich vorgestellt hatte, wie vertraut die jetzt noch unbekannte Aya ihm bald Falafel, ungesäuertes Brot und Feigen reichen würde, liebevoll bauchtanzend, seine Einsamkeit vertreibend. Sie würden einander wirklich brauchen und sich somit niemals verlassen. Er hatte sich ihre neue Wohnung schon genau vorstellen können. Die grüngestreifte Sofagarnitur seiner Eltern durch bedruckte Kissen ausgetauscht. Aya, sich dort mit ihm tummelnd, lachend, kardamomkauend, Schwarztee trinkend, fremdländischen Klängen lauschend, Kiff rauchend. Damals hatte er es kaum erwarten können, sich mit ihr den Zauber des Orients und das Geheimnis der Geborgenheit in seine triste Studentenbude zu holen. Doch dann war alles anders gekommen. Aya, die so kleingewachsen war, dass er, der er beinahe lächerlich groß war, sich krümmen musste, um Halt zu finden, hatte seine Bemühungen, in Deutschland eine marokkanische Oase zu schaffen, nicht gewürdigt. Die bunten Kissen wollte sie durch eine anständige Sitzgarnitur ersetzt wissen und statt eines flatternden Gewandes trug sie Leggins und Turnschuhe aus dem hiesigen Discount.

Dem Minztee zog sie schnöde Rührschokolade vor und statt orientalischer Musik verlangte sie nach einem Fernseher mit einer Satellitenschüssel, die so groß war, dass die Wohnung nun selbst im Sommer schattig blieb. Entsetzt hatte er beobachtet, wie geschickt Aya mit der Fernbedienung umzugehen vermochte, wie sie es fertigbrachte, sich fünf Talkshows gleichzeitig anzusehen, und dabei behände eine Dose Instantkakao auszulöffeln, als Nervennahrung für ihr beunruhigend lernfähiges Gehirn.

Dabei hatte ihn der Gedanke befremdet, dass sie sich in den Kopf gesetzt hatte, Deutsch zu lernen, und bereit war, Französisch und Arabisch aufzugeben.

Sehr bald hatte sie sich gut verständigen können. Als sie sich dann auch noch eine Stelle als Obstverkäuferin verschaffte, sich mit den deutschen Kolleginnen anfreundete und geradezu unmarokkanisch wurde, waren in Akim Angst und Unsicherheit gewachsen.

Seine damaligen Gefühle raubten ihm nun inmitten der Wüste den Verstand. So, als sei keine Zeit dazwischen gewesen. So, als sei er nicht bereits tot. Akim erinnerte sich an seine damalige Angst: Noch eine Frau, die ihn ablegen würde? Oder ebenso schlimm: eine, die seine er- bärmlichen Kleider tragen wollte? Nur Allah, zu dem er regelmäßig betete, konnte ihm jetzt noch helfen. Allah und ein paar möglicherweise obszöne Bemerkungen, mit denen er Ayas neue Freundinnen versehentlich vertrieben hatte.

Und tatsächlich: das Wunder geschah! Nach nur einem Jahr verabscheute Aya dieses Land ebenso sehr wie Akim, einst Achim genannt. Sie verkehrte jetzt nur noch mit den anderen Marokkanerinnen aus dem Viertel, und was in Marokko keiner für möglich gehalten hätte, wurde in Deutschland Realität: Durch Akim war

Aya eine gute Muslima geworden. Die Sofaecke kam auf den Sperrmüll, die bunten Kissen wurden aufgeschüttelt, im Fernseher lief nur noch »*TV Maroc*«.

Aya war nun den ganzen Tag zu Hause, um auf ihn zu warten. Sie arbeitete nicht mehr, nickte gelegentlich vor sich hin und trank Tee oder rollte mit den anderen Frauen aus dem Viertel Weinblätter für gemeinsame Heimatabende. Der Appetit auf Instantschokolade war ihr abhandengekommen. Damals hatte Akim gehofft, dass Kinderlachen die Lösung gegen die Stille in ihrem Leben sein könnte. Auch wenn er sie dafür würde teilen müssen. Sie hatte eingestimmt, lässig und achselzuckend. Nach und nach waren die vier Kinder geboren und nach den Propheten getauft worden. Prächtige, gut genährte Kinder waren es allesamt, aber er, Akim, gehörte immer noch nicht dazu. In der Familie nicht, im Viertel nicht, bei den Arbeitskollegen nicht. Akim erinnerte sich genau an den eisigen 21. Dezember, während des Ramadan. Das war der Tag gewesen, an dem er beschloss, mit der Familie in ein besseres Land zu ziehen.

Die Hoffnung, dass alles anders werden würde, verband er bereits seit seiner ersten afrikanischen Reise mit diesem besonderen Stück Erde, mit Marokko.

Und noch vor Neujahr hatten sie eine geräumige Wohnung in Marrakesch gefunden.

Wie hätte er auch wissen können, dass Aya, eine einstmals geschiedene und zudem ungebildete Frau, in den höheren Kreisen, in denen er dort heimisch zu werden suchte, nicht angesehen wurde.

Da auch ihr Äußeres nicht ansprechend genug war um über diese Mängel hinwegzutäuschen, blieben die Einladungen der Gesellschaft nach und nach aus. Diesmal war Aya gescheitert, nicht er, das konnte nicht anders sein. Und er hatte es sie spüren lassen. Aber das hatte auch nicht geholfen. Und so waren sie ein drittes Mal umgezogen, in den Süden. Zurück in Ayas Heimatdorf. Es war keine gute Gegend, aber hier war Aya zuhause, hier hatten die Kinder endlich eine richtige Familie. Er sah sie jetzt nur noch selten. Verwandte und Nachbarn zankten sich um Aya und ihre Kinder. Akim selbst durfte auch dabei sein, aber niemand legte wirklich Wert darauf.

Er war wohl immer noch nicht marokkanisch genug. Etwas fehlte.

Einen schmückenden Bart hatte er sich daraufhin wachsen lassen, täglich den Koran studiert, er hatte gefastet und gebetet doch unaufhaltsam wurde alles schlimmer als es je zuvor gewesen war.

Schließlich begriff er, dass er, je mehr man auch höflich versuchen würde ihm das Gegenteil zu beweisen, auch hier immer nur allein bleiben würde.

Wer war er denn bloß?

Ein haltloser, schlaksiger Friese, an dem selbst das stattlichste marokkanische Festgewand wie ein jämmerlicher Fetzen herunterhing? Ein einsamer Fremder mit viel zu großen Füßen? Zu dieser Zeit hatte er begonnen, tagelang durch die Wüste zu wandern, auf der Suche nach etwas, das er sein Leben lang vermisst hatte.

Plötzlich, als er so im Sand lag, spürte er, dass er ganz nahe daran war, es zu finden. Er wusste nicht, was es war, aber vertraut war es - und seltsam leicht.

Ein Zivildienstleistender und ein Pfleger der Psychiatrischen Klinik Norderney fanden ihn in den Dünen. Grinsend lag er auf dem Rücken, die Arme aufgefächert, flatternd.

Besonders der Pfleger nahm Akim seinen Ausflug übel.
Heftiger, als es sonst seine Art war, packte er ihn am Arm und zerrte ihn hoch.

»Das mir das nicht noch mal vorkommt, Achim!« zischte er.

Akim senkte schuldbewusst den Kopf.
Immerhin konnte der Pfleger durch sein ständiges Ausreißen den Arbeitsplatz verlieren, das wusste er schon.
Aber das Heimgebracht werden war doch immer so schön.

Die warme, fleischige Hand des Pflegers, die sich fest um seinen Arm geschlossen hatte, fühlte sich gut an.

Kinderfreudlos

Da hat sie mich gestern Nacht wirklich rangekriegt. Die Frida aus der Schreibgruppe. Wie sie
es geschafft hat ist mir ein Rätsel. Vielleicht hat
ihr die späte Stunde dabei geholfen. Es war
immerhin kurz vor Mitternacht um genau zu sein.
Einträchtig und von der Kneipenluft noch ein-
gelullt trotteten wir nach der Gruppe nebeneinander her zur Bushaltestelle. *„Wie sieht's
beruflich denn bei Dir* aus?" fragt sie in die Stille
hinein. Sie weiß, dass ich kurz vor Abschluss
meiner Doktorarbeit stehe. Ich erzähle ihr, dass es
gut läuft und dass ich mich gerade um eine Stelle
als Post-doc bemühe. Vielleicht wird es sogar was
mit der Junior-Professur oder noch besser: mit
dem Wissenschaftsjournalismus.
Mein Doktorvater hat sich unlängst recht
zuversichtlich gegeben.
Ich versuche ihr mit anschwellender Begeisterung
zu verdeutlichen, an welchem absolut wichtigen
Gebiet ich forschen möchte, als sie mich barsch
unterbricht: *„Möchtest Du nicht mal Kinder? Wie
alt bist du eigentlich?"* Ich schlucke. Sehe ich so
aus, als sei meine biologische Uhr bald ab-

gelaufen? Rein rechnerisch bleiben mir noch mindestens zwölf Jahre.

Mit einer Hormonbehandlung sicherlich noch vierzehn. Vielleicht hätte ich nachts doch weniger über meiner Arbeit brüten sollen. Vermutlich habe ich Augenränder wie Derrick. Kein Wunder dass sie denkt, ich sei bereits knapp vor den Wechseljahren. *„Ähh. Eigentlich will ich gar keine Kinder"* erkläre ich beschwichtigend, doch sie will wissen, warum nicht.

Meine Ausführungen über die Schlechtigkeit der Welt, sexuellen Missbrauch, Kindermord, den bevorstehenden Dritten Weltkrieg, Pandemien und ökologische Katastrophen unvorstellbaren Ausmaßes akzeptiert sie keineswegs. *„Sag mal, lebst du eigentlich überhaupt gern? Gehst du denn überhaupt Risiken ein?"* Sie wirkt ungehalten. Ich beginne zu schwitzen. Da ich viel von Frida halte, liege mir daran, sie wirklich über meine Hintergründe aufzuklären. Auch wenn sie sonderbar klingen. Immerhin ist es ja nicht so, dass ich Kinderfeindin wäre. Au contraire! Aber wie soll ich ihr erklären, dass ich gerade Schopenhauer lese und beinahe jeden Satz von ihm unterstreiche und mit Füller *„genau!"* an den Rand schreibe? Als geistige Schwester Schopenhauers wäre es doch mehr als schizophren sich schwängern zu lassen. Immerhin wäre das auch dem Fötus gegenüber unfair. Akim fällt mir ein. Akim der sich Kinder angeschafft hat, weil sonst niemand mit ihm zu tun haben wollte. Die Kinder haben ja keine Wahl. Besonders nicht die von Akim. *„Na ja"* beginne ich zögernd. Sie unterbricht mich. *„Meine Kinder sind das tollste, was ich im Leben fertiggebracht* habe!"*. Ich weiß nicht recht, ob ich gratulieren oder kondolieren soll. Letzteres halte ich dann doch für zu unhöflich. Vermutlich war es ja auch eher im übertragenen Sinn gemeint.

Irgendwie idealistisch wahrscheinlich. Außerdem könnte es tendenziell missgünstig wirken. Ich beginne zu stammeln, erzähle ihr, dass ich für Kinder nicht begabt sei, da mich laute Geräusche und schnelle Bewegungen übermäßig ermüden. Sie starrt mich an als befände ich mich bereits jenseits von Gut und Böse. Aber plötzlich glaube ich so etwas wie Verständnis in ihrem Blick zu erhaschen. Spontan beschließe ich, ihr doch die Tiefenstrukturen meiner Psyche offen zu legen.

Ich schätze Frida. Wenn es jemand verstehen könnte, dann sie. Also erzähle ich ihr, dass mich nach einer Stunde Babysitten regelmäßig das Gefühl von Sinnlosigkeit und innerer Leere beschleicht, wenn meine Schützlinge mich mit so hoffnungsvoll blanken Augen ansehen und ich ahne, dass auch dieser Glanz, der eigentlich für uns leuchtet, irgendwann verlöschen wird. Dass ich jedes Mal ein helles Gefühl ekstatischer Erleichterung verspüre, wenn sich das Glimmen noch einen Tag länger gehalten hat. Eine dumme Freude, die am Ende immer jäh abstürzt. Aber das Herz geht mir auf wenn sie mit verklebten Mündern tollpatschig auf mich zugewatschelt kommen und mich freundlich angrinsen. Wenn sie mir für kurze Zeit die Illusion vermitteln, dass im Grunde alles in Ordnung sei. Dass irgendwie schon alles gut werden wird. Dass es jemanden auf dieser absurden Welt gibt der einen braucht und liebt. Jemand der an einen denkt, wenn man schon lange tot ist. Jemand an dem man sich wärmen kann wie an einem Schaf. Kein Wunder, dass dieses Gefühl süchtig macht und dass all die Menschen all die anderen mit Kindern verbundenen Mühen tapfer auf sich nehmen. Und auch die Kinder werden das Gleiche tun, sobald sie groß und bange geworden sind. Es ist der eigentliche Grund, warum man Kinder bekommt. Da bin ich mir sicher. Irgendwie verständlich. Ganz klar. Aber ich kann Schopenhauer einfach nicht untreu werden. Das wäre Verrat an mir selbst und an den Kindern. Ich bringe es nicht übers Herz.

Mit dem entschlossenen Gesichtsausdruck einer Revolutionärin bleibt mir nur zu konstatieren: *„I claim the right to be unhappy."* Zitat aus Huxleys *„Brave New World"*. Wie passend! Unhappy. Kinderfreudlos aber mit reinem Gewissen im schopenhauerschen Sinne. Frida ist nicht beeindruckt. *„Glaubst du, dass du die einzige bist die Probleme hat?"* Nein! Natürlich glaube ich das nicht. Wie kommt sie darauf? Das muss so eine neue Art provokativer Gesprächsführung mit guter Intension aber ungewissem Ausgang sein. Ich knicke ein und gestehe. Manchmal werde ich vielleicht ein klein wenig trauriger als die anderen, weil ich ahne, dass ich niemals den silbernen Mutterorden werde in den Händen halten dürfen.

Mein Alter wird von Trostlosigkeit und Isolation geprägt sein. Keine Kinder und Enkel, die mich an Sonntagen im Altersheim besuchen.

Einsame Weihnachten mit gelangweiltem und verbittertem Pflegepersonal. Niemand, der an meinen Geburtstag denken wird. Niemand, der dereinst weiße Rosen auf mein Grab pflanzen wird. Ich weiß, ich weiß. Aber wie soll ich Frida erklären, dass ich all ihre Argumente durchdacht, all ihre Vorwürfe mir selbst schon mehr als einmal gemacht habe. Und trotzdem. Trotzdem. Ich stammle gegen die Zeit an. Ihr Bus wird gleich kommen.

Ich spüre selbst, dass ich unsinnige Sätze von mir gebe.

Abgehackt. Unzusammenhängend. Paralysiert.

Was hat sie mit mir gemacht? Ich kann nicht aufhören, selbst wenn ich mich zum Narren mache. Aber es ist wichtig. Sie soll mich doch verstehen, *mich*, nicht sich, nicht die anderen. *Mich.* Ich rede und rede. Da kommt ihr Bus. Ich rede weiter. Frida steigt ein, ruft noch: *„Meine Kinder kommen selbst heute noch in mein Bett wenn es ihnen schlecht geht."* Fast alle steigen ein.

Drängen sich warm zusammen. Ich bleibe übrig. Mein Bus kommt erst in zehn Minuten. Hier stehe ich also. Hoffnungslos. Eine familienpolitische Blindgängerin. Für die Gesellschaft bin ich wahrscheinlich kein besonders großer Gewinn mit dieser Einstellung. Andererseits, wenn ich an meinem unheimlich wichtigen Projekt mit nicht zu verleugnender Relevanz weiterforschen könnte...

Die Bushaltestelle riecht nach altem Urin. Ein alter Mann erbricht sich vehement hinter die Litfaßsäule. *„Na, ab ins Heia!"* lallt er, als er mich sieht. Nett von ihm. Irgendwie persönlich. Mein Bus kommt. Ich steige ein. Der alte Mann winkt mir nach und prostet dem Fahrer mit einer Flasche zu. Und ich denke: Diese Frida hat mich heute ganz schön rangekriegt.

Until the end

Norbert wusste nicht mehr weiter. Seit seiner Scheidung im vergangenen Frühjahr war ihm seine Manneskraft abhandengekommen. Welch boshafte Ironie. Jetzt, wo er endlich frei war. Auf dem Höhepunkt seiner Karriere. Jetzt da ihm die jungen und schönen Frauen ihrerseits den Hof machten. Jetzt wo er sich nicht mehr endlos vor Linda und den Kindern für jede Sekretärin oder Hostess rechtfertigen musste. Jetzt wo er sich endlich diesen italienischen Zweisitzer gekauft hatte, hatte ihn einfach die Lust verlassen. Andererseits: war das ein Wunder? Immerhin hatte ihm Linda nach über 15 Jahren Ehe eröffnet, dass nicht er, sondern vielmehr sein ehemaliger Chef Bernd der Vater seiner Kinder sei. Norbert schauderte es noch immer, wenn er an Bernd dachte. Bernd, den guten Freund der Familie. Bernd, den treuen Tennispartner, Bernd, den Patenonkel der Kinder. Linda hatte sich nun endlich – nach Bernds Scheidung - zu ihrer wahren Liebe bekannt, wie sie es vor Norbert mehrfach betont hatte. Bernds plötzlicher Tod durch einen dummen Unfall- die Bremsen seines Wagens hatten unerklärlicherweise versagt- hatten Norbert zwar beruflich nachrücken lassen. Nicht aber bei Linda. Die hatte nach wie vor auf die Scheidung gedrängt. Seither wusste er, dass er in dieser Welt niemandem mehr trauen konnte. Am wenigsten sich selbst. Die Frauen reizten ihn nun nicht mehr. Im Gegenteil. Ein unerträglicher Ekel machte sich in ihm breit wenn sie an ihm vorbeistreiften, diese berechnenden makellosen Wesen die ihre Reize in geradezu grauenhafter Überdosierung zum Tauschhandel feilboten. Vor so viel aggressiver Selbstvermarktung fühlte er sich abgestoßen, gelähmt und mit einem Mal sehr alt. Dabei hätte er die Situation wahrlich voll auskosten können. Man hätte ihn beneidet um all die Möglichkeiten die sich ihm als wohlhabenden allein stehenden Mann auftaten. Und wenn sie ihn nicht liebten sondern nur sein Geld. Why not? Er hätte seinen Spaß haben können. *„Come on baby, light my fire..."* Jim Morrison war mal sein Vorbild gewesen. Und nun. Was war bloß aus ihm geworden? Ein gehörnter Trottel dem das Leben keinen Spaß mehr machte.

Jetzt, wo er nicht mehr Jäger, sondern Gejagter war (so war ihm unlängst der nicht ganz offizielle Titel *„begehrteste Partie der Firma"* verliehen worden), wo der Platz an seiner Seite frei geworden und er endgültig zum unabhängigen Großverdiener avanciert war. Jetzt, wo er zur Abwechslung mal die zukünftige Frucht seiner eigenen Lenden hätte säen können. Doch diese entsetzlichen Frauen stießen ihn nun allesamt ab. Wie schauderte ihm plötzlich bei dem Gedanken an ihr austauschbares, tierisches Kichern während dieser so ewig gleichen, tödlich routiniert choreographierten Beischlafhandlungen.

Ja, er hätte früher alles für eben diese lüsternen Versprechen gegeben, die aus ihren Augen sprachen, ihren Bewegungen. Ihren Mündern. Er hatte sie alle haben wollen. Damals. Linda war ihm nicht wirklich genug gewesen. *„Männer können nicht treu sein"* hatte er sich gedacht, und nun erwiesen sich seine eigenen Kinder als Produkt dieses Prinzips. Die Kinder, deren Namen er nun nicht mehr aussprechen mochte. Auch Bernd war untreu gewesen. Auch Bernd hatte seine Gattin mit Linda betrogen. Vielleicht sollte es so sein? Hatte es Sinn, sich gegen die Natur aufzulehnen? Aber wie gedemütigt wähnte er sich mit einem Mal von all den Beinen, Brüsten und Ärschen die ihn beleidigten, besudelten. Ihn seiner Würde beraubten. Norbert fühlte sich von Tag zu Tag schlechter und schwächer. Immer häufiger verstrickte er sich in zunehmend düstere

Gedanken. Schließlich hatte seine mehr als trostlose Verfassung ihren Tiefpunkt erreicht.

Er war am Hafen spazieren gewesen um seinen seelischen Gleichmut wieder zu erlangen als ein Schiff angelegt hatte. Das *„Party-Love-Boat"* auf dem sich johlende halbnackte in bizarres Leder gezwängte Gäste aneinanderdrückten. Ihn würgte. Noch vor einem Jahr wäre der Anblick dieses Schiffes samt seiner Gäste eine seiner bevorzugten sexuellen Phantasien gewesen.

Doch nun war alles anders. Alles erschien plötzlich so unwirklich. Disparat. Unzusammenhängend. Sinnlos. Ihn ergriff eine unerträgliche Angst wahnsinnig zu werden. Er rannte, floh, weinte. Menschen drehten sich nach ihm um, Hunde kläfften. Irgendwann saß er auf einer Bank. Neben ihm eine Frau, fett wie ein Wal. *„Ich bin Marlene"* sagte sie. Und von diesem Tag an war sich Norbert sicher, dass Marlene ihm das Leben gerettet hatte. An diesem Tag und an den folgenden Tagen. Sie kam. Sie blieb und er wusste, dass er immer bei ihr sein wollte denn sie schliefen nicht miteinander. Sie hintergingen sich nicht. Sie war sein Mensch. Und sie war sein

Anfang. Sein wirklicher Anfang. Niemals zuvor hatte er ein Wesen wie sie gekannt. Eine Frau wagte er sie nicht zu nennen denn Marlene sah gar nicht aus wie eine Frau. Sie sah genau genommen auch nicht aus wie ein Mensch. Vielmehr wie eine Fabelgestalt, wie eine grotesk fette Riesin. Und so absurd es erscheinen musste: gerade dadurch dass sie gar nicht mehr wie ein Mensch aussah, erschien sie ihm menschlicher als all die anderen. *„Wer mich besteigen will braucht schon ein Sauerstoffgerät"* grinste sie häufig siegessicher denn auch sie wusste, dass es niemand würde ernsthaft darauf ankommen lassen. Marlene war sich sicher, dass sie einen Sexualakt nicht überleben würde. Bereits kleinste Bewegungen strengten sie über die Maßen an. Das Fett hatte ihr Herz nahezu gelähmt. Ebenso würde sie aber auch jeden mit in den Tod reißen, der von ihrem so gigantischen Körper unweigerlich niedergedrückt werden würde. Das versicherte sie Norbert zumeist lachend.

Dennoch. Er hörte die Warnung durch, die von ihr gesetzte Grenze nicht zu überschreiten. Aber die Warnung war überflüssig. Zumindest was ihn betraf. Dieses Thema hatte er abgehakt. Etwas Seltsames ging von dieser Riesin aus. Norbert spürte die Traurigkeit hinter ihrem Lachen. Er ahnte ihr Geheimnis und er liebte sie. Er liebte sie mit einer Heftigkeit die ihm Angst machte. Wenn er nach Hause kam und sie war nicht da fand er sich in Tränen aufgelöst bis sie zurückkehrte. War sie dann bei ihm, fühlte Norbert ein Glück in sich welches ihm unmöglich war in Worte zu fassen. Nur Marlene wirkte so seltsam bedrückt, schutzlos, wenngleich sie wenigstens ihn allein mit ihrer bloßen Anwesenheit zu wärmen vermochte. Dann kam der Tag an dem sich das alles änderte. Marlene betrat den Raum und lächelte ihn an. Traurig. Mit flehendem Blick. Im Hintergrund liefen die Doors. Woher wusste sie...? Sie keuchte. Und sie war nackt. Warum tat sie sich das an? Warum tat sie ihm das an? Er wusste, dass es kein Zurück mehr geben würde. Sie würde ihn mit in den Tod reißen. Und es war ihm egal. Er wollte nur bei ihr sein. Immer bei ihr sein. Ihre so monströsen Schenkel und riesigen Brüste waberten ihm entgegen. Niemals in seinem Leben hatte er einen so abgrundtief hässlichen

Körper gesehen. Und nie zuvor einen so schönen, einen so ehrlichen, so hellen Körper. Er konnte nicht begreifen, warum das so war. Er konnte überhaupt nicht mehr denken. Marlene drehte sich vor seinen Augen. Norbert fühlte sich wie benebelt. Er spürte eine Kraft zwischen seinen Schenkeln aufsteigen, die ihm in dieser Intensität fremd war. Eine Kraft, die sich nun gegen ihn selbst richten würde. Und gegen Marlene. Er sah Marlene, doppelt, riesig, nur noch Marlene. Marlene. Aus weiter Ferne drang Jim Morrison an sein Ohr: until the end, until the e-nd.

Keine Lust

Ich bin Psychologin. Mein Name ist Snjezàna. Übersetzt heißt das Schneewittchen. Zum Glück weiß das hier in Deutschland kaum jemand. Das hätte mir gerade noch gefehlt. Meinen Namen mag ich nicht. Ebenso wenig wie meinen Beruf.

Eigentlich wollte ich ja einmal Filmemacherin werden. Drehbuchautorin. So etwas mit Glamour und Happy End inszenieren. Aber jetzt ist das Hässliche mein Alltag. Das Traurige.

Das Verzweifelte. Das Verzagte. Nach meinem ersten Termin am Morgen, es ist Frau M. wie jeden Tag seit einem Jahr, muss ich erst einmal eine Stunde Pause machen. Frau M. macht mich fertig. Ehrlich. Seit einem Jahr will sie sich umbringen weil ihr Mann sie verlassen hat. Das Übliche. Dabei könnte sie doch froh sein den triebgesteuerten Versager los zu sein. Ich würde sie gerne schütteln und ihr eine zimmern aber als Psychologin wäre das nicht wirklich professionell. Vielleicht ist das aber nur eine Ausrede für meine Aggressions-Hemmung. Auch privat bin ich immer so höflich und freundlich. Nach Feierabend höre ich mir die Probleme meiner Freundinnen zum Nulltarif an. Ob das was mit meinem Vorbild Schopenhauer zu tun hat? Oder mit mangelnder Selbstbehauptung? Vermutlich mit beidem. Die Überwindung des Willens eben. Und deshalb geht es nie um mich. Das ist tragisch. Selbst für die streunenden Katzen aus der Nachbarschaft – mittlerweile immerhin sechs oder sieben - bin ich nur die Dosenöffnerin. Letztlich ging es mir so schlecht, dass ich selbst schon zu einer Kollegin in Therapie wollte. Oder gleich in die Klapse. Ich weiß nicht, ob was der Auslöser war. Aber am nächsten Morgen sagte ich zu Frau M., sie solle mich mit ihrem gottverdammten Leben in Ruhe lassen und mir den persönlichen Gefallen erweisen, sich jetzt sofort und auf der Stelle umzubringen. Ich bot ihr immerhin an, sie bis zur Rheinbrücke zu begleiten um dann von der Seestraße aus ihrem Freitod beizuwohnen. Um das Ganze nicht so anonym zu gestalten. *„Ich habe nämlich"*, so erklärte ich meinen plötzlichen Sinneswandel was die Erhaltung ihres Lebens betraf, *„einfach keine Lust mehr"*. Frau M. griff meinen Vorschlag auf. Zunächst noch etwas ambivalent aber dann zunehmend sicherer trabten wir nebeneinander her gen Rheinbrücke. Oben angekommen gab ich ihr die Hand und wünschte ihr für den winzigen aber durchaus wichtigen Rest ihres Lebens alles Gute. Sie nickte dankbar und erwiderte meine positiven Wünsche. Seit langem war sie mir nicht mehr so sympathisch gewesen. Ich stieg die Treppen herab, setzte mich auf die erste Bank auf der Seestraße und zündete mir eine Gauloise an. Liberté toujours. Frau M. kam nicht richtig in die

Hufe. Sie zauderte und sträubte sich. Rang mit sich. Derweilen überlegte ich mir, wie sich das am besten filmen ließe und testete im Geiste die raffiniertesten Kameraeinstellungen aus. Dann überlegte ich mir eine passende Filmmusik. Ich konnte mich nicht zwischen dem *Weißen Hai*, *Psycho* oder *Vom Winde Verweht* entscheiden.

Frau M. lungerte immer noch auf der Rheinbrücke rum. Aufmunternd winkte ich sie symbolisch mit der Hand herunter um ihr den Absprung zu erleichtern.
Doch das nützte nicht wirklich etwas.
Im Gegenteil. Zwar kam sie daraufhin runter, aber nicht so wie ich mir das vorgestellt hatte.
Vielmehr benutzte sie die Treppen.
Unten angelangt meinte sie lahm, *„ach, ich hatte plötzlich keine Lust mehr"*.
Ich gab mich verständnisvoll und bot ihr eine von meinen Gauloises an.
„Keine Lust, was?" Ich grinste. Sie grinste zurück.
So ganz wohl war mir bei der Sache aber nicht.

Vorsichtshalber habe ich meine Praxis noch am gleichen Tag endgültig geschlossen.

Das rote Bild

Die Tage, an denen er tagsüber erwachte ohne die geringste Erinnerung an den vorangegangenen Tag zu haben, mehrten sich in letzter Zeit. Ja, er erinnerte sich zuweilen an Gefühle, an Schwere und an die Abwesenheit von etwas, das nicht zu benennen war. Doch von wann dieser Erinnerungen waren, vermochte er beim besten Willen nicht zu sagen. Sie konnten Jahrzehnte alt sein. Leere und ein Zittern, das aus der Mitte seines Seins kamen, waren das einzig aktuelle Echo aus den jeweils vorangegangenen Tagen. Hinzu kam ein reißender Schmerz in der Schulter, der aber, davon ließ er sich immerhin nicht beirren, ausschließlich ihm allein gehörte und mit keinem Arzt oder gar Physiotherapeuten zu teilen war. Wie läppisch diese Berufe! Wie läppisch der Versuch einem den eigenen Schmerz nehmen zu wollen. *„I focus on the pain, the only thing that´s real"*. Ja, das war eine Aussage, mit der er sich bereits vor Jahrzehnten angefreundet hatte. Ebenso wie mit dem roten Bild über seinem Fernseher. Dem Gerät hatte er schon seit Jahren endgültig den Stecker gezogen.

Das Bild jedoch rührte er nicht an. Ehrfurchtsvoll betrachtete er es aus allen erdenklichen Perspektiven, zu unterschiedlichen Tag – und Nachtzeiten. Er träumte in dumpfen Tagträumen und heißen Träumen in den Nächten (die zuweilen auch kalt sein konnten) von dem Bild und hoffte ihm eines Tages sein innerstes Geheimnis entreißen zu können.

Von der Künstlerin, durch die es damals zu ihm gekommen war, wusste man nur, dass sie wenige Tage nach Fertigstellung des Bildes an einer Überdosis der *Sonne* gestorben war: Der Sonne im übertragenen Sinn natürlich....**texture like sun, never a frown with golden brown.** Die wahre Sonne allerdings war in dem Bild allerdings nicht zu finden, nicht einmal in einem winzigen Querverweis, einer minimalen Versprechung. Und nicht einmal wenn gegen Mittag, besonders in den Sommermonaten, die echte Sonne über das Bild wanderte vermochte sie es nicht dieses zum Strahlen zu bringen. Das Bild wehrte sich gegen all diese Versuche, indem sich sein Rot in ein wüstes, fast gelbbräunliches hämisches Etwas wandelte, so als hätte man alle Farben, die einem menschlichen Körper innewohnten, extrahiert und daraus eine so abstoßende Farbkombination geschaffen, dass die Sonne selbst nur noch froh, erleichtert sein konnte, wenn es auf den Abend zuging. Wer konnte es ihr verübeln?

Und ihm ging es ähnlich.

Die Abende waren immerhin etwas milder, sanfter, was auch der Tatsache geschuldet war, dass er seine Gehirnfunktionen mit Hilfe großer Mengen von Alkohol auf ein erträgliches Mindestmaß hatte drosseln können. Eine all abendliche Vorfreude, die (wie immer) mit den Minuten gewachsen war, welche sich bald auf eine bestimmte und volle Stunde geeinigt haben würde, ergriff ihn. Abend für Abend. Seine Ausgehstunde. Zu früh durfte man eine solche nicht ansetzen. Wollte man interessant bleiben, so musste es eine späte Stunde sein, zu der man (und somit er) in die Bars seiner Stadt einzufallen pflegte. Doch hatte er sich zuvor einer List bedient. Ein kleiner Park, in dem er, fernab des Bildes, ein wenig Ruhe fand, bevor er sich dann wieder in etwas stürzte, das beinahe ebenso rot

war wie das Bild über seinem untauglich gewordenen Fernseher.

Das Nachtleben. Rot war der Schleier, den er
nach all den Getränken, dem Geschrei, Gelächter,
Gegröle und den Zigaretten vor den Augen hatte.
Rot wie ein dünner Schleier aus Blut, aufgetragen
auf die kleine Glasplatte eines Mikroskops. Ein
blasiger Schleier, der ihn unweigerlich eines
Tages zu Fall bringen würde. Irgendetwas, etwas
Unerklärliches verband ihn mit dem Bild, ebenso
wie mit dem roten Schleier vor seinen Augen.
Eine böse Nabelschnur legte sich zu späterer
Stunde unvermittelt, spottend um seinen Hals,
brachte ihn dazu sich zu übergeben, lautstark
immerhin. Irgendwann jedoch würde ihm die Luft
ausgehen, so viel stand fest. Doch noch war er
einigermaßen fern, dieser Tag. Trotz der
Schmerzen in seinem Körper spürte er noch
immer eine beinahe unverschämte Kraft in sich.
Eine Kraft, die noch für viele Jahre eines
Menschenlebens ausreichen dürfte – ungeachtet
dessen, das er selbst tagtäglich damit befasst war
diese so lang vor ihm liegende Zeit zu verkürzen.
Nur diese Kraft in ihm – sie wollte bleiben. Auf der

Welt bleiben. Doch wozu eigentlich? Immer wieder bemächtigte sich genau diese Frage seiner. Die Angst vor der Heimkehr in seine Wohnung, in der niemand als das todbringende Bild auf ihn wartete, zehrte nun bereits seit Monaten an seinem Lebenswillen. Nacht für Nacht fand er das Bild auf dem Boden wieder, so als fände er nur im Zustand des vollkommenen Rausches den Mut es von der Wand zu fegen wie eine Naturkraft, die nach dem Leben schrie. Tag für Tag jedoch hob er es wieder auf, fast ehrfürchtig, um es an seinen gewohnten Platz zu hängen. Was heute, in dieser Nacht anders war, inwiefern sie sich grundsätzlich von all den anderen Nächten zuvor unterschied, vermochte er nicht zu sagen. Jedoch fasste er den Entschluss, noch einigermaßen bei Bewusstsein, das Bild in dieser Nacht nicht nur von der Wand zu reißen. Nein. Diesmal würde er es zerstören. Eine leise Angst stieg in ihm auf. Was, wenn er gemeinsam mit dem Bild sterben würde? Immerhin spürte er eine ungute und starke Verbindung zwischen seinem eigenen Leben und dem Bild schon seit geraumer Zeit. Doch dann kehrte sich die Angst in einen trotzigen Mut. Immerhin war ihm schon lange klar, dass dieses Bild ihn tötete, töten würde. Sollte er nun lediglich für eine Beschleunigung dieses wahrlich durch und durch abscheulichen Prozesses sorgen, so wäre er wenigstens nicht nur der gelähmte, der hilflose Zuschauer. Früher als sonst kehrte er heim, noch Herr der meisten seiner Sinne. Ohne zu zögern griff er sich das größte und schärfste Küchenmesser, riss das Bild auf den Boden und richtete es hin, zerschnitt und exekutierte alles, das ihm so verhasst worden war. Still lag das Bild vor ihm. Es wehrte sich nicht. Natürlich nicht. Doch dann, fast höhnisch gab es seinen Inhalt preis und ergoss aus sich all die Flüssigkeiten eines Menschen auf den Boden, der in ein widerwärtiges Farbengemisch getaucht war, als man ihn vier Tage später dort vorfand – am Boden liegend, ein Messer in der Hand, den geschorenen Kopf auf dem zerstörten Bild gebettet.

Man hielt ihn für tot- doch das war er nicht.

Die unverschämte Kraft war noch immer in ihm. Selbst Monate später noch, als die anderen Patienten, die mit ihm in der Klinik waren, längst von der Monotonie des Klinikalltags und den Medikamenten weichgekocht waren, regte sich in ihm diese Kraft. Im Keller hatte er einen beruhigend abgelegenen Raum entdeckt, einen nicht genutzten Kunstraum, den ein gutmütiger, aufgeschlossener und zugleich recht depressiv veranlagter Arzt aus der späten Hippie-Ära hatte einrichten lassen, bevor er sich mittels einiger gut gesetzter und chirurgisch einwandfreier Einschnitte am eigenen Körper aus dem Leben befördert hatte. Nichts als der Kunstraum erinnerte noch an ihn. Der Ausnahme-Patient (als solcher wurde er empfunden) jedoch hatte begonnen zu malen, unvergängliche Bilder in kühlen, schönen Farben, ein entfernt an grün erinnerndes Blau, ein beinahe weiß anmutendes Gelb. Lediglich die Farbe Rot vermied er konsequent. Seine Schulter schmerzte nun kaum noch. Zunächst hatte er sich gänzlich unbeobachtet gewähnt, doch aus irgendeinem ihm nicht ersichtlichen Grund wurde immer wieder neue Farbe nachbestellt. Einmal die Woche standen sie im Raum, Farbtuben und Pinsel, wie von einem Geist dort abgestellt - noch bevor er ihn betreten hatte. Das Rot, das er nicht benutzte sammelte sich an und belästigte ihn mit seiner Anwesenheit. Zuerst begann er die roten Farbflaschen noch geduldig in einer der hinteren Ecken zu verstecken, bevor er an seinen Bildern zu malen begann. Doch bald war auch das nicht mehr ausreichend. Die Bestellungen wuchsen mit der Zeit, mit den Bestellungen und der Zeit wuchs das Rot. Rot blitzte an den unpassendsten Stellen und in den unpassendsten Momenten hervor.

Der genaue Zeitpunkt, an dem er sich entschloss sich dem Rot zu ergeben, kann heute nicht mehr, auch nicht aus den Akten seiner Ärzte, rekonstruiert werden. Doch stand in seiner Abschlussakte zu lesen, dass man ihn auf dem von Wasser und roter Farbe überschwemmten Kellerraum gefunden habe. Ertrunken in einer Pfütze – gewissermaßen. Eine Photographie der Spurensicherung, die (wie gewöhnlich) mit großer Geste und Blaulicht angerückt war, wurde beigefügt. Die junge Praktikantin, die sich von ihren Kollegen bereits auf den ersten Blick unterschied, sah sich die Aufnahme lange an. Sie fand, dass dieses Bild seines Todes einem tatsächlichen Bild glich. Einem viereckigen, roten Bild, in dessen Mitte ein erlöstes Etwas lag, das noch entfernt an einen Menschen erinnerte. An Leid und an Schmerz. Instinktiv griff sie sich an die Schulter, welche ihr seit ein paar Tagen, nach einer unüblich heftigen Bewegung während des ungeschickten Geschlechtsverkehrs mit ihrem spröden Verlobten, schmerzte. Ja, ein echtes Bild.

In der Tat. Man legte ihr mit einer professionellen Bestimmtheit nahe solche Vergleiche zu unterlassen und sich nunmehr auf ihre Arbeit zu konzentrieren. Wahrscheinlich hat sie das auch versucht. Sie hatte etwas Ehrgeiziges und Diszipliniertes an sich, was diese Vermutung zu stützen vermag. Doch die Photographie, welche sie sich aus der Asservatenkammer gestohlen hatte, trug sie nun immer bei sich.

Ein unheimliches, klagend-rotes Bild, mit dem sie sich auf kaum erklärliche Weise verbunden und zugleich bedroht fühlte. Die Tage wurden ihr nun oft schwerer als gewöhnlich. Oft unerträglich schwer. Doch im Dunkeln gab es etwas, was sie rettete. In den Nächten nämlich träumte sie nur in Blau.

Die Pianistin - reloaded

Im Zug lese ich gern. Die Strecke ist ruhig und zu Beginn dunkel. Das ist so wegen der zahlreichen Tunnel. Doch meistens behalte ich meine Sonnenbrille trotzdem auf, weil mich niemand beobachten soll beim Lesen. Beim Einsteigen stört die Brille manchmal. Es kann sein, dass ich den Schaffner nicht sehe oder einen Fahrrad-fahrer, der aussteigen will, um mit seinem Rad an den Bodensee weiterzufahren. Ein Afrikaner sitzt im unteren Abteil. Er trägt eine Kampfhose und darüber ein langes weißes Gewand, das an ihm flattert wie eine Friedensfahne, so dass man die Kampfhose nur ein klein wenig sieht. Fast unanständig blitzt sie unter dem Kaftan hervor. Der Mann sieht verzweifelt aus. So als wollte er unter keinen Umständen kämpfen. Hier im Zug muss er das ja auch nicht. Im Zug gibt es für beinahe alle eine gewisse Verschnaufpause. Meistens. Ich gehe in das obere Abteil. Dort schreit ein Säugling um sein Leben. Die Mutter trägt ihn auf dem Arm. Nach einer Weile wimmert er nur noch leise. Ich packe mein Buch aus. Sogar mit Widmung diesmal. Zuerst betrachte ich das auf dem Titel abgebildete Gesicht des Autors. Der Schaffner möchte wissen, ob ich noch zugestiegen sei. Als ob er das nicht wüsste. Gerade vorhin bin ich beim Einsteigen mit dem Koffer beinahe über seinen linken Fuß gefahren. Er entwertet mit gewichtiger Miene die Fahrkarte und wünscht mir dann einen guten Tag. Einen guten Tag wünschen Schaffner immer erst nach Entwerten der Karte. Die Karte wird zwar entwertet, der Wert wird dann aber direkt auf den Fahrgast übertragen, der eine noch zu entwertende Karte bei sich führte. Daher also verabschiedet sich der Schaffner nunmehr freundlich. Nun habe ich keine Lust mehr mir das Gesicht des Autors anzusehen, da ich gleich lesen möchte. Der Schaffner hat mir Zeit geraubt. Ich kann sie aber wieder aufholen, wenn ich sofort lese. Wenn ich direkt in der Mitte anfange, geht es noch schneller. Manchmal beginne ich in der Mitte oder sogar noch weiter hinten. Dann lese ich es zurück. Aber nur, wenn mir die Mitte und das Ende gefallen haben. Gleich wird Paul kommen, der mobile Kaffeeverkäufer, der sich *Caterer* nennt und mir immer zwei Kekse zu meinem Kaffee schenkt. Dafür gebe ich ihm dann etwas mehr Trinkgeld. Sowieso kaufe ich den Kaffee nur, weil Paul das Geld braucht. Er hat fünf Enkel und Schlafprobleme. Ich muss mich beeilen mit dem Lesen bevor Paul kommt. Er wird mir auch wieder Zeit rauben. Ich schlage das Buch irgendwo auf. „Eine Pianistin" heißt die Kapitelüberschrift. Ich beginne zu lesen. Eine Art Blitzschlag trifft mich. Erst denke ich, dass das damit zusammenhängt, weil wir nicht mehr im Tunnel sind mit dem Zug. Aber das ist es nicht. Es ist die Geschichte. Parallel dazu ist der letzte Tunnel zwar ebenfalls vorbei, das Tragen meiner Sonnenbrille offiziell spätestens jetzt zu rechtfertigen, doch das ist es nicht. Es ist die Geschichte. Ich bin meiner Sonnenbrille dankbar dafür wie sie mich schützt. Niemand soll wissen, was diese Geschichte mir bedeutet. Paul kommt vorbei. „Kaffee?" fragt er und beginnt Kekse und Pappbecher schon in Position zu bringen. Fast entsetzt schüttle ich den Kopf. „Heute mal nicht". Mein Herz klopft unerträglich schnell; Kaffee in dem Fall komplett kontraindiziert. Schuld daran ist die Pianistin. Verwirrt klappe ich das Buch zu und versuche nun doch im Gesicht der Autoren zu lesen. Natürlich hätte ich das schon früher machen sollen. Eine Unachtsamkeit, die sich sofort gerächt hatte. Es empfiehlt sich nämlich gründlich die Gesichter derer zu studieren, deren Geschichten man liest. Sonst trifft es einen am Ende noch vollkommen unvorbereitet. Und dann sitzt man da. Ohne Kaffee und mit klopfendem Herzen. Woher wusste er von ihr? Wer hat ihm von ihr erzählt? Sein rechtes Auge sieht mich wach und ungerührt an. Das linke Auge blickt ernst. Von ihm werde ich nichts erfahren. Soll ich es ihm sagen? Soll ich ihm sagen, dass ich die Pianistin bin? Oder wäre es, in Anbetracht der Tatsache, dass ich gar kein Klavier besitze, zu vermessen? Niemand hat mich je besser beschrieben – und niemand hat mir je ein so schönes Ende geschrieben. Für dieses Ende allein lohnt sich alles, was ich zuvor gelesen habe und alles, was ich noch lesen werde. „Ich danke Ihnen für dieses Ende", denke ich laut und sehe sein Bild auf dem Cover an. Jemand, der ein solches Ende gefunden hat für jemanden, der noch nicht einmal ein Klavier besitzt, so jemand hat es einfach verdient gesiezt zu werden. Ich werde mich doch nicht plump vertraulich mit einem „Du" an ihn heranschmeißen. Eine Pianistin tut das nicht. Eine Pianistin, die etwas auf sich hält, erkennt den wahren Wert eines guten Stückes – sei es mit Noten versehen oder ohne. Eine wirklich gute Pianistin braucht hierfür kein Klavier. Wenige nur wissen das. Er, dessen Auge so ernst blickt, weiß das längst. Er kennt mein Leben, vielleicht sogar mein Ende. Gedanken jagen durch meinen Kopf wie die Affen aus Salem oder wie die Affen aus der Orangerie in Strasbourg oder überhaupt wie Affen eben. Paul möchte mir ein Käsebrot verkaufen. „Ich muss leider aussteigen", entschuldige ich mich. Den Koffer ziehe ich hinter mir her. Das Buch habe ich nicht wieder in die Handtasche gesteckt. Ich halte es fest an mich gepresst wie eine Art Schutzschild. Die Augen des Schriftstellers geradeaus. Der Schaffner sieht mir nach. Das macht er immer so. Warum, weiß ich nicht. Währenddessen entwertet er Fahrkarten. Dabei müsste er doch draußen auf dem Gleis stehen mit seiner Trillerpfeife. Irgendwie verstehe ich ihn nicht. Aber vermutlich hat das nichts zu bedeuten. Ohnehin habe ich jetzt an etwas Besseres zu denken, oder zu hören. Denn ein Musikstück möchte mit einem Mal nicht mehr heraus aus meinem Kopf. Ob ich es auf dem Klavier nachspielen könnte? Ich glaube schon. Ob mit Klavier oder ohne. Und dieser Schriftsteller, der hat das vorher schon gewusst.

Das Haus der Türen

Und wenn du lange in einen Abgrund blickst, blickt der Abgrund auch in dich hinein.
[Friedrich Nietzsche]

Alle Menschen die leben, jemals gelebt haben oder noch leben werden kennen es, das Haus der

Türen. Die Erinnerung mancher daran mag verschwommen sein, anderen wiederum hat sie sich nahezu unauslöschbar ins Gedächtnis gebrannt. Manche sehen in ihm einfach nur das Haus der Türen, andere hingegen betrachten es als ihr Heim, als ihr Zuhause. So verweilen sie in den Gängen vor den Türen, gemeinsam oder voneinander getrennt. Die Hüterin der Türen, so alt wie die Zeit selbst, hatte sie alle gesehen. Alle Menschen und alle Türen. Hinter jeder Tür verbarg sich etwas Anderes und all dies hat mit jedem Menschenleben zu tun. Hinter einer Tür verbarg sich Schönheit, die Armut hinter der anderen, Alter und Krankheit lagen auf demselben Gang, gegenüber der Hoffnung, der Wahnsinn und der Verlust. Vor manchen dieser Türen saßen Menschen die soeben hineingesehen hatten. Sie saßen dort allein oder zu mehreren, sie weinten, schluchzten, klagten oder sie waren glücklichen, sie schwiegen, schrien, aßen oder hungerten, manche lagen da wie tot und viele hielten sich die Augen zu, die Ohren oder den Mund. Andere lächelten und manche hielten sich fest in den Armen, einige tanzten oder küssten ihre Kinder. Die Hüterin der Türen kam ab und an vorbei, doch oft stand sie nur vor einer einzigen Tür, nämlich der Tür, die sich nicht wieder schließen ließ. Das war die Tür des Abgrundes. Jeder, der hinter sie sah trug von diesem Augenblick an den Abgrund in sich selbst. Der Abgrund, wie soll ich ihn erklären. Verwandt war er der Verzweiflung doch tiefer noch zerriss er alles Lebendige, alles das gut war. Der Abgrund, das war die Ansammlung der reinen Boshaftigkeit, des absolut Bösen. Alles, was die Menschheit je der Menschheit angetan hatte war hier versammelt – hinter der Tür des Abgrunds. Die Hüterin der Türen benötigte wenig Schlaf denn sie wusste, dass Schlaf sie von dem abhalten würde was sie tat, was sie tun musste: die Tür des Abgrunds bewachen. Doch selbst in den so kurzen Momenten ihres Schlafs konnte es passieren, dass sich ein Mensch hierher verirrte, in den ab gelegensten Flügel des Hauses der Türen und es war nicht zu vermeiden, dass er hineinsah. Die Hüterin erkannte sofort wer hineingesehen hatte und wer nicht denn deutlich trug jeder, der diese Tür geöffnet hatte den Abgrund in sich und auf sich. Sie waren zu erkennen, auch untereinander. Die Hüterin war so alt wie die Zeit und sie wusste, dass nicht einmal die Zeit selbst das Entsetzen würde heilen können das sich in denen breit machte die den Abgrund je mit eigenen Augen sahen. Die meisten liefen sofort zurück zu den anderen Menschen vor den Türen des Hauptganges in der Hoffnung der räumliche Abstand würde sie von dem entrücken können was sie soeben sahen. Doch das war eine Täuschung die sich nicht lange aufrechterhalten ließ. Andere suchten sich untereinander, suchten die, welche die gleiche Tür geöffnet hatten um sich zu trösten. Dies funktionierte tatsächlich, so unmöglich es einem doch zunächst erscheinen mochte. Jedoch hielt dieser Frieden nicht lange denn die Sehnsucht danach den Abgrund in sich zu vergessen war so groß wie der Abgrund selbst, so dass sie sich immer voneinander entfernten, jeder auf seine Art. Es gab ihn nicht, den Weg zurück. Es gab keine Erlösung. „Könnte nicht die Liebe helfen?" fragte eine junge Frau die Hüterin. Sie stand vor der Tür der Hoffnung, doch die Hüterin schüttelte den Kopf. „Die Liebe", sagte sie, „ist die größte Macht auf diesem Gang, stärker als der Tod, die Verzweiflung und der Wahnsinn." Sie zögerte, doch dann fuhr sie fort: „nur gegen den Abgrund kommt sie nicht an. Der Abgrund ist der Abgrund." Ein Mann kam vorbei. Auch er hatte hinter die Tür des Abgrundes gesehen und auch er konnte seither nicht mehr heimisch werden im Haus der Türen. Auch er konnte das Haus der Türen seither nur noch als Haus der Türen sehen, nicht als etwas, dass ein Zuhause genannt werden konnte. „Was wird uns jemals davon befreien?" wollte er wissen. „Eine Prüfung", erwiderte die Hüterin. Sie wusste, dass all die Menschen die leben, jemals gelebt haben, oder noch leben werden nicht nur einmal am Haus der Türen vorbeikamen, sondern viele Male in Hunderten von Jahren. Den Abgrund, wenn sie ihn in einem dieser Leben sahen, wurden sie selbst durch ihr nächstes Leben nicht mehr los. Es half ihnen keine Betäubung, es half ihnen nicht sich das Leben zu nehmen, zu verweigern oder ein guter Mensch zu werden der alles von sich gab; es half ihnen nicht Kinder zu zeugen oder erst gar keine zu gebären, es half ihnen nichts sich zu lieben und selbst Ruhm oder die Macht über die ganze Welt konnte den Abgrund in ihnen nicht verneinen. Immer wieder kehrten sie zurück zum Haus der Türen. Das letzte Mal dann, wenn sie eine Prüfung bestanden hatten. Danach, und erst danach waren sie frei. Wirklich frei. „Wie geht diese Prüfung?", wollte die Frau wissen und der Mann sah die Hüterin schweigend an. Langsam und leise sagte sie, denn sie wusste, dass das, was sie jetzt sagen würde langsam und leise gesagt werden musste: „Wenn ihr es schafft den Abgrund in euch zu tragen ohne der Abgrund selbst zu werden dann werdet ihr davon befreit.

Am Ende dieses Lebens dürft ihr euch dann einer Sache gewiss sein – ihr müsst niemals mehr hierher zurückkommen und dort, wo ihr dann sein werdet, da wird es keinen Abgrund mehr geben." Die Frau und der Mann sahen sich an und nickten.

Sie wussten, welche Türen nun auf sie warteten. Dann gingen sie, jeder für sich, zu einer anderen Tür des Hauses um ihr Leben darin und davor zu leben. Zusammen mit all den anderen oder von ihnen getrennt.

Sie lebten es in all seiner Schrecklichkeit und in all seiner Schönheit.

Ein letztes Mal.

Und jeder für sich.

Denn das Haus der Türen – es war nicht mehr als das. Ein Übergang.

Derweil blieben die Seen und die Meere dieser Welt überwiegend jene, die sie immer gewesen waren.

Der Sternengucker

In Reha-Kliniken geht es, na ja, sollte es um Reha gehen. Um eine Art Rehabilitation, was auch immer damit gemeint ist. Aber in Wahrheit geht es dort um etwas Anderes. Abgeschnitten vom übrigen Leben, meist besonders gut ausgeschlafen, ausreichend ernährt und im Überfluss was Zeit betrifft sucht man etwas Bestimmtes. Dieser Überfluss, zudem gekoppelt mit der Tatsache, dass es gerade dort, in diesen Kliniken schwer ist, dieser Zeit zu ertragen. Zeit, die sich zuweilen wie eine unbestimmte Drohung vor einem aufbaut, verführt dazu. Zeit oder Zeiteinheiten denen man nicht mehr entrinnen kann durch Geschäftstermine oder sonstige Aktivitäten des Lebens außerhalb.

Wahrscheinlich ist es nicht in jeder Klinik so. Die meisten werden mittlerweile eher recht gut durchstrukturiert sein und voller Tagespläne und Therapieangebote für die Patienten. Aber es gab eine Klinik in der das so war. Eine Klinik mitten im Wald auf einer Anhöhe gelegen. Zu Fuß war weit und breit keine andere Ortschaft zu erreichen.

Es gab nur diese Klinik im Wald. Zufällig war sie im Schwarzwald. Sie hätte aber auch in Polen sein können mit seinen riesigen, verlassenen Wäldern oder im äußersten Norden Schwedens. Sie hätte überall dort sein können wo es einsam war.

Das Gebäude war so hoch gelegen, dass der Nebel an manchem Tagen wie Wolkenfetzen erschien. Wenn man aus dem Fenster sah dann gab es nichts als Bäume. Die Klinik selbst hatte etwas Geisterhaftes. Wie eine riesige Villa aus längst vergangenen Zeiten. Wie ein unheimliches Geisterschiff ausgespuckt ins Nirgendwo, in die höchsten und einsamsten, fast verlassenen Höhen des Schwarzwaldes.

Nichts im therapeutischen Ablauf der bunt zusammengewürfelten Patienten und Patientinnen war hier strukturiert, bis auf eines: Die meisten reisten montags mit ihren Autos an und fuhren freitags heim in ihr Wochenende. Das waren die Psychosomatiker.

Die Suchtpatienten mussten dableiben. Es waren nicht viele und das Geisterhaus wurde an den langen Wochenenden noch um ein Vielfaches geisterhafter wenn die meisten Therapeuten im Wochenende waren, die Pfleger und Schwestern auf ein Minimum reduziert waren und sich etwa 20 Menschen in einem monströsen Gebäudekomplex verloren. Und spätestens an diesen Wochenenden ging es nicht mehr um Rehabilitation. Es ging um den Kampf mit der Zeit. Das ist der Grund, zumindest bin ich mir da ziemlich sicher, warum es an diesen Wochenenden ganz besonders zur Sache ging zwischen den Geschlechtern. Ich weiß es nicht genau, aber es kam mir so vor als seien nur zwei Menschen dort, die sich nichts daraus machten. Die es wahrscheinlich nicht mal ertragen hätten, wenn es bei ihnen zur Sache gegangen wäre.

Der eine war der Sternengucker. So habe ich ihn genannt weil er nachts die Sterne mit einem Fernrohr betrachtete. Er stand oder saß mit mir auf einem der zahlreichen Balkonvorrichtungen der über dem Nirgendwo irgendwie rätselhaft an das Gebäude befestigt schwebte. Nur der dunkle Nachthimmel und die Bäume teilten die Zeit mit uns, die unzählig vielen Bäume. Der eine Mensch, der sich aus dem Einen nichts machte war also der Sternengucker. Der andere Mensch war ich. Der alte Sternengucker war ein melancholischer, trinkender Maler aus dem Osten Deutschlands. Vielleicht war er auch ein malender Trinker. Das war nicht wichtig. Ich vertraute ihm denn er wollte nicht mit mir schlafen und ich nicht mit ihm. Allein schon die Vorstellung wäre für ihn eine Zumutung gewesen. Ich glaube, dass er das Thema einfach satt hatte. Der Sternengucker war 30 Jahre älter als ich. Er sah gut aus, irgendwie wie Ernest Hemingway fand ich und er hatte mit Sicherheit sehr viele Nächte in sehr vielen Betten verbracht. Aber die Tatsache, dass er sich mittlerweile, allen Annäherungsversuchen der vielen weiblichen Interessierten zum Trotz, geradezu phobisch dagegen sträubte ließ ihn für mich zu einer beruhigend geschlechtslosen Person werden. Für mich war das gut denn damals hätte ich mit niemand anderem meine verletzliche Zeit auf den Nachtbalkonen der Klinik verbringen können. Es waren viele Balkone, kaum abgetrennt, vergleichbar mit langen Anbauten über die man von außen in beinahe jedes Zimmer der Klinik gelangen konnte. Ich glaube, dass es für ihn auch gut war. Er nannte mich „Sternchen", was irgendwie albern klang. Aber es machte mir nichts aus. In den geschlossenen Räumen konnte man hören, wie es zur Sache ging. Es beunruhigte mich. Allein von den Geräuschen fühlte ich mich zerstört und dem Sternengucker schien es ähnlich zu gehen. In diesen Nächten redeten wir kaum. Wir saßen da und sahen in die Sterne. Wir versuchten, uns durch die Überzahl der Bäume und der Allgegenwart der Geräusche nicht entmutigen zu lassen. Die Nächte der Wochenenden verbrachten wir durchweg draußen. Wir rauchten nicht einmal. Wir saßen nur da. Und die Geräusche um uns herum erschienen mir wie ein schrecklicher Abklatsch des Schönen, was ich unmittelbar vor meinem Aufenthalt in dieser Klinik erlebt hatte: die unbeschreibliche, die mit nichts zu vergleichenden Liebe. Die Liebe, welche selbst noch in ihrem körperlichen Ausdruck als Liebe hatte bezeichnet werden können. Eine Liebe wie aus einem Leonard Cohen Song. Aber nicht aus irgendeinem. Ich hatte keinen Namen für dieses Gefühl. Es war etwas, das um ein Vielfaches stärker als ich selbst zu sein schien. Es erschien mir unvorstellbar, jemals wieder mit einem anderen Mann als diesem Einen zusammen zu sein. Und trotzdem hatte ich es vergeigt. Es war unvorstellbar, dass ich es hätte vermasseln können. Aber irgendwie habe ich es getan. Und jetzt saß ich hier, Seite an Seite mit dem Sternengucker, und fand alles nur unvorstellbar. Es erschien mir, als könnte ich das nur im Schweigen versuchen auszuhalten und so saßen der Sternengucker und ich bis tief in den Herbst hinein auf den Balkonen und schwiegen. Eine merkwürdige Distanz war zwischen mich und das Leben getreten. Alles schien tot. Die Bäume, die Sterne, ich selbst. Der Sterngucker versuchte nie, seinen Vorsprung an Lebensjahren zum Besten zu geben. Nie hörte ich solch abgedroschene Sprüche der vermeintlichen Lebensweisen wie diese, dass die Zeit alle Wunden heilen würde. Sogar die, die man sich selbst zugefügt hat. Nichts in dieser Richtung habe ich je von ihm gehört. Dazu war er viel zu klug. Denn wie könnte sie, wo sie, die Zeit, doch selbst die Wunde war. Ich glaube, dass er das gewusst hat, der alte Sternengucker. Meine Zeit hatte die Wunde nicht heilen können. Das habe ich damals schon gewusst. Manche Dinge weiß man einfach.

Seither bin ich weiter gereist in der Zeit. Und Vieles ist gut geworden. Aber nicht durch die Zeit an sich. Niemals durch die Zeit an sich. Auch wenn es manchmal so aussieht. Der alte Sternengucker wurde vor mir entlassen. Rehabilitiert. Zumindest im Ansatz. Geglaubt habe ich das nicht. Zum Abschied hat er mir nämlich sein Fernrohr dagelassen. Ich habe nicht wieder hindurchgesehen. Ich konnte es nicht. Vielleicht weil er mich verlassen hat. Uns alle. Warum sonst hätte er es dagelassen, dieses Fernrohr, durch das ich nun ohnehin nur noch schwarze Löcher gesehen hätte. Doch, ich gebe es zu: Besonders in den hellen Nächten geriet ich ab und an in Versuchung. Ich baute es auf und wieder ab. Bis ich mich schließlich zurücklehnte und die Sterne ohne fremde Hilfe betrachtete. Ganz für mich allein. Ab und an erscheint es mir so, als leuchteten sie nur für die, welche die Nächte auf den Balkonen zugebracht haben. Rauchend oder nicht – und still genug um sie zu sehen, die Sterne. Wirklich zu sehen.

Lebenszeichen

Ich weiß nicht, woran es liegt, und warum gerade mir gänzlich Fremde ihre Geschichte erzählen. Geschichten, von denen viele so geartet sind, dass man sich in einigen Fällen wohl gelegentlich wünschte, sie niemals hätte hören zu müssen. Vor einigen Tagen, ich war gerade auf einem der Spaziergänge unterwegs, auf denen ich – entgegen aller Vorkehrungen - dennoch zumeist angesprochen werde. So war es auch bei diesem Male. Meine auf deutliche Abwehr abzielende Bekleidung – immer in tiefem Schwarz gehalten - als auch meine bereits übertrieben große Sonnenbrille, wieder einmal waren sie nicht in der

Lage gewesen davon abzulenken, dass ich im Grunde nicht imstande war diesen Menschen aus dem Weg zu gehen, dass ich einfach nicht imstande war, mir ihre Geschichten NICHT anzuhören. Es war in Sizilien, noch Anfang März, und mein erster Tag auf der Insel, auf die ich vor dem noch immer alles ins weiße Nichts tauchenden, hartnäckigen Winter geflüchtet war. Vorbei war sogleich allein schon die Erinnerung an den Schnee, als ich durch einen der eigens von einer einst aus dem Königshaus verstoßenen Engländerin liebevoll angelegten Stadtgarten lief, von nichts anderem gefesselt als der Schönheit der so kunstvoll angelegten Landschaft, und damit so sehr in mich selbst gekehrt, dass ich meine Deckung für einen Augenblick vergaß. Für einen Augenblick der zwar kurz, doch von ausreichender Länge war, um es diesem Menschen zu ermöglichen mich einzufangen, in ein Gespräch zu locken welches zu einem Monolog wurde in dem er mir das, was in ihm nagte nach außen trug, und mich zur Mitwisserin von etwas machte, das mir seither nicht mehr aus dem Kopf zu gehen vermag. Eine deutlich die äußere Haut seines Halses durchziehende Ansammlung von Verletzungen zeugten ganz offensichtlich von zahlreichen chirurgischen Eingriffen, die, wie er mir erzählte, den Zweck verfolgt hatten, ihn von seinem Krebsleiden zu befreien, indem man ihm diesen recht großzügig aus dem Leib geschnitten hatte. Doch trotz augenscheinlich recht zahlreicher und unbestritten rigoroser Bemühungen war dies den Chirurgen – selbst jenen in den größeren Städten und auch nicht denen des italienischen Festlandes - gelungen, den Krebs mittels Skalpell mit präziser Finalität aus ihm zu verbannen. Zurückgekehrt war er, verlässlich wie eine Jahreszeit, die zwar ab und an den Anschein von Verspätungen oder sonstigen Unregelmäßigkeiten zu erwecken in der Lage ist, die aber dennoch immer wieder kommt ohne sich darum zu scheren ob sie nun wohl mit Freude oder mit Angst erwartet wird. So war es auch bei ihm. Seine aus Russland stammende Freundin Tatjana, katholisch wie er, und nie um ein Gebet verlegen wenn es galt etwas für ihn zu erbitten, gedachte auch an jenem Wochenende, da er erneut in der

Klinik zu Palermo lag, seiner. Man sagt, dass Gottes Wege unergründlich seien, doch dieser – ich glaube nicht an einen kausalen Zusammenhang, denn mit rechten Dingen kann es nicht - (oder gerade doch?) zugegangen sein, was sich dort ereignete. Er war gerade von der Intensivstation auf ein normales Zimmer zurückverlegt worden als eine Frau, ebenfalls am ganzen Körper vernarbt, aufgeschnitten und zerschunden an zahllosen Stellen, mehr tot wohl als lebendig und doch voll einer Gier auf das Leben, sich, nur mit der zerstörten Haut ihres Körpers am Leibe, zu ihm gelegt hatte. Auf ihm sitzend beschimpfte sie ihn so lange mit anfeuernden Gesten, bis sich etwas in ihm erhärtete von dem er dies wohl nicht mehr erwartet hatte. Ich wage es nicht mehr darüber zu erzählen. Etwas in mir möchte das, was dort geschah, schützen um meiner selbst Willen und um der Menschen willen die es betraf. Nackt, krank, von Narben gänzlich zerfurcht, zerfressen und dennoch – oder vielleicht gerade deswegen von einer Sehnsucht nach Leben erfüllt. Von einer Sehnsucht, die über all das hinausging was ich vorher kannte. Vergessen waren die Lebenspartner, das Pflegepersonal, die katholische Kirche mit all ihren Schutz-Heiligen, vergessen der Geruch der Krankheit, der nahende Tod. Vergessen alles, alles bis auf jenes, was nach dem Leben schrie, sich windend in den schmerzhaften Orgasmen der nicht mehr so recht warm werden wollenden Leiber, welche nur noch notdürftig durch einiger Ärzte Kunst zusammengehalten wurden, und die zugleich nun sowohl in diesen Leibern, die sie im Stich gelassen hatten, verweilen, als auch aus ihnen herauswollten. Mit Worten hatten sie sich gar nicht erst aufgehalten. All dies, es sprach für sich selbst. Und dann waren sie doch noch warm geworden, heiß vor Lust mit dem pumpendem Klang schweren Blutes in den Ohren. Heiß wie das Feuer der Krematorien oder des sizilianischen Vulkanes, des Ätnas, den man manchmal sogar vom Krankenfenster aus erahnen konnte. Schwer war es wohl gewesen die Lustschreie von denen, die ihnen aus größtem Schmerz entfuhren zu unterscheiden. Oder war es leichter gewesen als ich es mir vorzustellen wage? Ab und an nun, seitdem mir diese Geschichte erzählt wurde, höre ich des Nachts in meinem

Inneren diese Schreie. Weitaus mehr habe ich nun preisgegeben über das, was ich gänzlich für mich hatte behalten wollen. Doch es wollte mit großer Heftigkeit aus mir heraus – vielleicht, um von dem Leben zu zeugen, das sich bis zuletzt aufbäumt, wohl wissend, dass es am Ende verlieren wird. Doch gerade diesem zum Trotz, diesem zum Trotz. Und daher, selbst da sie meinen Schlaf durchbrachen, ängstigten mich diese Schreie nicht mehr. Lebenszeichen waren es nun für mich. Und dann dachte ich mit einem Mal, dass ich möglicherweise ohnehin viel zu viel schlafe. In jenen Nächten stand ich nun regelmäßig auf, verließ das Hotel und ging durch die Gärten. Meine Sonnenbrille brauchte ich in den Nächten nicht, obgleich, das muss ich einräumen, die südlichen Sterne viel intensiver leuchten, als dies bei uns, im Norden der Fall ist. So setzte ich sie ab und zu auf, wenn mich das Heimweh ein klein wenig übermannte, und ich den Himmel so sehen mochte wie er bei uns im Norden zu sehen ist – etwas getrübt. Doch das war, wie Sie sich vielleicht vorstellen können, nur selten der Fall. Gerne würde ich die Schönheit des von Dunkelheit eingehüllten Englischen Gartens beschreiben, das dunkle Meer, welches gegen die Erhöhungen der Stadtanlage brandet. Ich würde vom im Schnee liegenden Ätna berichten vor dessen Ausläufern die Mandelbäume so hell erblühen, dass man ihre Farbe sogar um die Mitternachtsstunde herum erkennen kann.

Den Wind, der in den Nächten auf eine andere Weise meine Hände und meinen Hals berührt als er es an den Tagen vermag, würde ich Ihnen näherbringen wollen. Doch kann ich nur schweigen. Nicht noch mehr darf ich preisgeben. Denn wie sollte man es sonst ertragen können aus dieser Welt gerissen zu werden? Aus der Unendlichkeit ihrer Schönheit? In den Narben am Hals des Mannes sah ich an den nachfolgenden Tagen nun Landschaften, lange Bachverläufe hin zu fruchtbaren, warmen Gegenden. Als er mit einem Mal nicht mehr auftauchte, legte ich meine Sonnen-brille in einen Pflanzenkübel neben der Bank, an der wir zum ersten Mal miteinander gesprochen hatten. Ich wollte sie nun nicht mehr tragen. Und obgleich der Ätna an jenem Tag in Wolken gehüllt war, glaubte ich, an diesem Tage

mehr von ihm gesehen zu haben als an all den
Tagen zuvor.

Der Morphinist

Ich kann nicht mit Sicherheit sagen, warum ich
nach so vielen Jahrzehnten an meinen alten Arzt
aus der Kinderzeit zurückdenken musste. Doch im
Grunde, um ganz ehrlich zu sein, kann ich einen
solchen Zusammenhang zumindest vermuten,
jetzt, wo ich im Krankenhaus liege, und man mir
zur Linderung meiner Schmerzen Morphium
verabreicht. Noch sind es geringe Dosen. die
meinen Verstand noch nicht allzu sehr eintrüben.
Vielmehr umgibt mich ein Gefühl von Wärme und
Weite: Es fühlt sich so an wie das Grundgefühl
meiner Kindheit, welches nur ab und an durch
schwerere Erkrankungen unterbrochen wurde.
Ob man als Kind sein eigenes Morphium
produziert- im übertragenen Sinn natürlich?
Ich erinnere mich an viele Sommerabende am
Fuschlsee in der Nähe der Stadt Salzburg, wo ich
meine Kindheit (und wie mir scheint eine der
glücklichsten Kindheiten überhaupt) verbracht
habe. Wir sind nach dem ersten großen Bomben-

angriff aus Leipzig, bei dem unsere Kirche zerstört und der mit meinen Eltern befreundete Pfarrer in einem einzigen Augenblick mit seiner gesamten Familie (einschließlich des Hundes) getötet wurden, hierhergezogen. Das Ferienhaus war schon seit längerer Zeit im Besitz meines Vaters, und man merkte, vor allem als Kind, so gut wie nichts vom Krieg, der in ganz Europa wütete. Lediglich die Präsenz des Reichsministers des Auswärtigen, Joachim von Ribbentrop, der den halben See für sich hatte sperren lassen und das Schloß okkupierte, erinnerte daran, wer in diesen Jahren im wahrsten Sinn des Wortes am Ruder saß. Doch selbst dies wurde unwichtig, blieb doch uns allen zumindest noch die zweite Hälfte des Fuschl-sees übrig. Mehr konnte man sich ohnehin kaum träumen lassen. Vergessen war bald die Kirche, die uns einen Halt geboten hatte, vergessen der tote Pfarrer samt Ehefrau und die Kinder, welche in meinem Alter gewesen waren. Der See selbst, die ganze Natur um uns herum wurde zur Kirche, und andere Menschen, von unserer kleinen Familie abgesehen, brauchten wir nicht mehr – mit einer Ausnahme.

Wir benötigten von Zeit zu Zeit diesen älteren Arzt, Dr. Hofer, der sich nicht scheute in den dunkelsten Nächten, bei Regen und Sturm bis zu unserem sehr abgelegenen, sich beinahe im Gebirge befindenden Häuschen zu mir zu fahren in den qualvollen Stunden, in denen meine oft wiederkehrenden Krankheiten dies erforderten. Wenn er kam, dann breitete sich das Gefühl der Geborgengeit und Wärme noch weiter aus. Eine schwer zu beschreibende Ruhe und Gelassenheit ging von ihm aus – gepaart mit der Gewissheit, dass ich wieder gesund werden würde. Ich liebte diesen Arzt, und einmal schenkte ich ihm meinen größten Schatz, eine tote Fledermaus, deren Flügel man bewegen konnte. Ein einziges Mal war ich in seiner Praxis, die von einem blühenden Garten und Kirschbäumen umgeben war. Es war kein Krankenbesuch. Vielmehr hatte meine Mutter ihm einen Kuchen gebacken.

Die Hefe roch, gemeinsam mit den warmen Äpfeln und den Nelken, unter dem Tuch hervor, der ihn bedeckte. Einer der Äste eines Kirschbaumes befand sich so nah am Fenster, dass man direkt vom Zimmer aus nach den

Kirschen greifen konnte, und die Augen des Arztes ruhten freundlich auf mir. Ein kleiner, aufgeplusterter Vogel mit grauer Brust saß auf einem der Äste. Ich versuchte ihn zu verscheuchen, so wie Kinder Vögel immer zu verscheuchen suchen. Doch er saß nur da, legte sein abgewetzt wirkendes Köpfchen ein wenig schief und sah mich an. Er gefiel mir, so wie alles andere, und ich verwarf mein ursprüngliches Vorhaben ihn zu vertreiben. Wie diesen Garten so hatte ich mir damals das Paradies vorgestellt, und ich dachte, dass jemand, der hier wohnen durfte, mit Sicherheit ein rundum glücklicher Mensch sein musste. Später erst habe ich erfahren, dass dieser immer so ruhige, freundliche Arzt ein Morphinist war, und ich kann nicht mehr mit Bestimmtheit sagen, ob die von ihm ausgestrahlte Ruhe auf diesen Umstand zurückzuführen war, oder ob sie tatsächlich seinem Wesen entsprochen hatte. Beinahe wage ich nun daran zu zweifeln. War er nicht viel eher ein sensibler, ängstlicher Mensch gewesen, der des Morphiums bedurft hatte, um all die schrecklichen Geister der Krankheit, des Krieges, der Trauer um den frühen Tod seiner Frau und der Sorge um seinen sich damals an der Front befindenenden Sohn in sich zu überdecken? War all der Optimismus, den er auf mich übertragen hatte, im Grunde nur die zaghafte Lüge des wahrlich Verzweifelten? Doch selbst wenn – mir selbst hatte sie in all ihrer zaghaften Glaubwürdigkeit damals das Leben gerettet. Kurz darauf jedoch wurde ihm das Seine genommen. Sein Dienstmädchen hatte ihn belauscht und den entsprechenden Zuständigen gemeldet, dass der Herr Doktor im Radio den Feindessender gehört habe. Noch in derselben Woche wurde er nach Dachau deportiert, wo er nach wenigen Tagen, bedingt durch einen Morphium-Entzug, dem weder sein Körper noch sein Geist gewachsen waren, elend verstarb. Das mit seinem Geist wurde von niemandem erwähnt, doch scheint es mir beinahe naheliegender zu sein als das Versagen seines Körpers, welcher, daran vermochte ich mich besonders gut zu erinnern, eine ganz eigene Kraft ausgestrahlt hatte, die mit Sicherheit nicht in so kurzer Zeit aus ihm herausgetrieben hatte werden können. Doch sein

Geist, seine mitfühlende Sensibilität...ich denke, dass bereits wenige Stunden im Konzentrationslager ausgereicht hatten, um ihm den Lebenswillen zu nehmen. Fast glaube ich es selbst in mir zu spüren, *dieses Versagen des Willens.* Der Morphinist, so nannte man ihn nun – anstelle seines Namens. Wohl, um ihm noch etwas mehr seines Mensch-Seins zu nehmen, um seinen Tod noch etwas besser vor sich selbst zu rechtfertigen. Für mich hingegen war es kein abwertendes Wort der Klassifizierung und Reduzierung eines Menschen. Ja, er war ein Morphinist gewesen, doch aus Gründen, die sich den zumeist einfachen, etwas groben und bäuerlichen Menschen der Ortschaft entzog. Und dann ereignete sich im Haus mit dem paradiesischen Garten noch eine weitere Tragödie. Nach dem Tod des Arztes hatten sich neue Leute dort eingenistet, und da keine Verwandten da waren, dachten sie wohl, dass das Schicksal ihnen dieses Haus einfach zugespielt habe. Als nun der Sohn des verstorbenen Arztes schließlich nichts ahnend von der Front heimkehrte und in sein Elternhaus trat, in der Erwartung dort auf seinen Vater zu treffen, erkannte das Paar ihn und sah sich um das Haus betrogen. Es war die Frau, so konnte man es später auch in der Zeitung nachlesen, die ihn mit einem einzigen Pistolenschuss aus der Welt beförderte. Er war sofort tot. Sie kam für ein Dutzend von Jahren, eingepackt wie ein Dutzend Tomaten, ein Dutzend, also zwölf. Zwölf Jahre kam sie ins Gefängnis, und im Dorf gab es über Monate hinaus Gesprächsstoff. Doch die Gespräche bargen in sich ein dunkles Schweigen. Aus dem Haus mit dem paradiesischen Garten war etwas Unsagbares, etwas Unheimliches geworden. Oft denke ich daran wie gut es ist, dass man sein eigenes Schicksal nicht voraussehen kann. Der Sohn meines Arztes...wie oft mochte er sich in Gedanken seine Rückkehr ausgemalt haben, als er in den Schützengräben lag, oft nur um Haaresbreite überlebt habend. Eine Rückkehr in das erhoffte Vergessen. Und mein Arzt selbst. Sicherlich hatte er sich einen friedlicheren Tod vorgestellt. Vielleicht sogar inmitten seines Gartens, eingehüllt in das wohlige Gefühl, welches die Mischung aus Morphium und Sommerabenden hervorgebracht hätte, wie ein

Vorgeschmack auf das, was sich gute Menschen, und zweifelsfrei war er ein guter Mensch, vom Tod erwartet hatten. Was ich vom Tod erwarte, weiß ich nicht. Mein eigenes Schicksal liegt glücklicherweise ebenfalls im Dunkeln, und selbst wenn es merkwürdig klingen mag- es ist mir ein Trost. In letzter Zeit träume ich oft von den Kirschen, die in das Fenster des Hauses hinein- reichten. Es heißt, dass man mit Morphium mehr und farbiger träumt, doch weiß ich nicht, ob es tatsächlich damit zusammenhängen mag.

Am Ende wird es nicht wichtig sein. Und bis dahin kehre ich in meinen Träumen zurück in den Garten wie er an diesem einen Tag war – am Tag, an dem wir den Arzt in seiner Praxis besucht hatten.
Der Geruch frischer Hefe, der sommerliche Schweiß auf meiner Haut, der Blick des Arztes und das Lachen meiner Mutter, die Kirschen, meine tote Fledermaus und ein kleiner, un- scheinbarer Vogel, der einfach nicht davon- fliegen wollte.

Schon damals habe ich ihn verstanden.

Blicke

David ist tot. Auf Facebook lese ich davon. Warum ausgerechnet auf Facebook? Warum hat mich Tabea nicht angerufen? Ich starre auf den Bildschirm. Ein Gedicht von Rilke, ein Bild von ihm mit seiner Freundin auf ihrem Profil, ein See im Hintergrund. Ich wähle die Nummer von Jan. „David ist tot", schreie ich in den Hörer. Ich weiß, dass ich hysterisch klinge. Jan rastet sofort aus und nennt Tabea wieder einmal eine Lügnerin. „Er ist nicht tot, Quatsch! Die will sich von ihm trennen oder so, das ist alles!" „Doch! Ich weiß, dass sie mit so etwas keine Witze macht, mit sowas nicht!" Zwar hatte sie ihn in den letzten Monaten isoliert, hatte den Kontakt sabotiert mit Ausflüchten und Lügen, doch das hier wäre dennoch nicht ihr Stil. Mein Herz hämmert. Mir ist schlecht, ich schwitze. Jan sagt irgendetwas. Ich höre nicht mehr zu. Wie lange ich in der Wohnung auf und abgelaufen bin, kann ich nicht sagen. Überhaupt ist die Zeit plötzlich eine andere. Irgendwann wähle ich Tabeas Nummer. Sie nimmt ab. Wir sagen nichts, weinen. „Wie ist es passiert?" Will ich schließlich wissen.

Tabea bemüht sich darum zu sprechen, es fällt ihr schwer. Natürlich. „Plötzlicher Herztod", sagt sie leise. Ich kann das nicht verstehen. „Wie kann das sein?" Tabea weint wieder, ihre Worte versickern im Schluchzen. „Wann ist er gestorben?" „Vor einer Woche". Automatisch rechne ich nach. „Wird er eingeäschert?" „Ja".

Meine Fragen erscheinen mir selbst mechanisch und surreal, doch muss ich trotzdem weiter fragen. Es ist die letzte Chance. Wenn er schon seit einer Woche tot ist werde ich ihn, seinen Körper, nicht mehr lange sehen können. „Wann wird er...." „Morgen Abend". Wir schweigen. Schließlich wage ich es die letzte Frage zu stellen, vor der ich selbst die meiste Angst habe. „Kann ich ihn nochmal sehen?". „Ja", sagt sie nur. „Morgen um 10 bin ich dort". Ich lege auf. Morgen also werde ich das, was von meinem Freund noch da ist, sehen. Der Blick auf ihn wird es endgültig machen. Wie wird das sein? David, seine warmen Augen, David beim Skifahren, beim Mittagessen in der Uni, beim Tanzen, beim Baden im See. Er kann nicht tot sein. Das Telefon klingelt wieder. Jan ist dran. „Er geht nicht an sein Handy!" Ich kenne diesen Tonfall. Jan weiß nicht mehr weiter. „Es ist wahr", sage ich. Stille. Fast ist es als könnte ich in seinen Kopf kriechen, fühlen wie er darum kämpft die Fassung nicht zu verlieren. „Ich habe gerade mit Tabea gesprochen", sage ich. „Morgen wird er eingeäschert." Warum erwähne ich seinen Namen nicht? Ist er jetzt nur noch ein „er"? Ich weiß, dass ich Jan nicht fragen brauche, o b er ihn noch einmal sehen will. Jemand wie Jan kann das nicht ertragen. Alles an ihm ist Leben. Ich glaube, dass er noch nicht einmal einen schwarzen Pulli besitzt. Er würde nicht kommen. So was erträgt er nicht, ich kann das verstehen. Ehrlich gesagt weiß ich selbst nicht wie ich das durchstehen soll. Und ich bin ziemlich geübt darin. In meinem Schrank hängt nicht nur ein schwarzer Pulli, ich habe ein ganzes Set davon. Viele Beerdigungen in der letzten Zeit. Zu viele.... Aber David? David? In dieser Nacht schlafe ich nicht. Immer wieder stehe ich auf, schalte den Computer an, gehe auf Facebook und lese die Todesmeldung. Schwarz auf weiß. Vielleicht hilft mir das, es zu begreifen. Tut es nicht. Meine Augen brennen und meine Kopfschmerzen werden vom lauten inneren

Weinen immer heftiger. Das innere Weinen ist noch schlimmer. Am nächsten Morgen fährt mich meine Schwägerin zum Waldfriedhof. Ich könne nicht fahren, sagt sie. Ich glaube ihr, denn mein Gesicht im Spiegel spricht Bände. Der Weg erscheint mir heute so lang zu sein. Ich bin nicht das erste Mal auf diesem Friedhof. Heute jedoch wird mir vom lauten Schlagen meines Herzens beinahe übel. Sie begleitet mich treu bis zur Aufbahrungshalle. Betont aufmunternd läuft sie neben mir her, ihr forscher Gang soll wohl Mut suggerieren. Immer versucht sie so tapfer zu wirken. Sie öffnet die Tür, zuckt dann, als sie einen Blick auf die Tür zum Aufbahrungsraum wirft und dabei Davids Namensschild liest, zusammen, obgleich sie ihn nicht kennt. Nur seinen Vornamen kennt sie von meinen Er-zählungen. Nun, da sie diesen Namen sieht, wird ihr wohl bewusst, dass es mehr als ein Name ist, was mich hinter dieser Tür erwarten wird. „Ich bin dann am Auto", sagt sie nun sehr leise, bemüht rücksichtsvoll, dreht sich um und geht. Ihre Schritte sind langsamer und federn nicht mehr so wie noch auf dem Hinweg. Ich denke nun nicht mehr nach. Ich weiß, dass ich handeln muss, weil ich es mir sonst vielleicht doch noch anders überlegen könnte. Also drücke ich die Klinke herunter und öffne die Tür. Kälte bildet eine unheimliche Mauer, eine Anlage kühlt zuverlässig den gesamten Raum. Tabea sitzt schon dort, auch ein Mann, vermutlich ist es sein Vater. David liegt in der Mitte, zwischen den beiden. Nun verschwimmt alles in meiner Erinnerung. Ich weiß nicht mehr was ich gesagt habe. Irgendwann berührte ich seine eisige Hand und seine Stirn. Wächsern und erschöpft liegt er da, die Augen geschlossen. Natürlich. Auf so etwas wird hier geachtet. Mir fällt der erste Tote ein, den ich in meinem Leben gesehen habe. Es war auf einer Brasilien-Reise gewesen, einen jungen erschossenen Mann hatte ich dort gesehen. Seine Augen waren weit aufgerissen. Seither verstehe ich besonders warum man den Toten die Augen schließt. Und in Davids Fall bin ich dafür ganz besonders dankbar.

Nichts konnte sich nämlich mit seinen Augen jemals messen, gemessen haben. Es mag wohl merkwürdig klingen, doch bereits als Kind war es mir schwergefallen die Blicke anderer Menschen zu ertragen.

Prüfend, spöttisch und wertend waren sie mir erschienen, beinahe sogar feindselig. Nicht bei ihm. Sein Blick ruhte so warm auf mir, er vermochte es in mir eine nie gekannte Sicherheit zu erzeugen. Um etwas zu sagen, wenigstens irgendetwas, wandte ich mich an den Vater. „Herztod, und gerade er..." Zögernd fuhr ich fort „Er war so gesund, zumindest sah er so aus?" „Herztod?" Der Blick, den der Vater Tabea nun zuwarf, war finster. Danach sah er mir direkt und fest in die Augen, dabei presste er beinahe wütend hervor: „Ich werde hier keine Lügen verbreiten. Mein Sohn ist durch seine eigene Hand gestorben." Pause. „Er hat sein Leben selbst beendet." Pause. „David litt unter schweren Depressionen und er wusste dennoch, was er tat. Mein Sohn hatte seine Gründe, das können sie mir glauben!" Tabea sieht auf den Boden. Stille. David? Der, dessen Blick mir eine stärkere Zuversicht, eine Art Vertrauen in das Leben gegeben hatte? Deswegen hatte sie uns wohl nicht bei ihm haben wollen. Tabea wollte immer alles perfekt gestalten. Mit der Depression war er wohl nicht mehr perfekt genug für sie. Mit dem sich anschließenden Suizid erst Recht nicht. Vielleicht fürchtete sie, sicherlich nicht zu Unrecht, die Blicke der Menschen auf sich. Eben jene Blicke, die mir selbst auch immer so bewertend, so feindselig erschienen sind, zeitlebens. Sie, deren Freund sich das Leben genommen hat. Sie wird es wohl als eigenes Versagen auffassen. Sicherlich hätte sie nicht damit gerechnet. Mit so etwas rechnet man nicht. Selbst wenn man es befürchtet. Auch ich mache mir Vorwürfe. Warum habe ich mich abspeisen und abdrängen lassen? Er war mein Freund, unser Freund. Vielleicht hätten wir ihm helfen können. Jan möglicherweise....David hing so an ihm, an seiner unbeirrbaren Fröhlichkeit. Wieder denke ich an seinen Blick, seine Art einem Zuversicht zu geben. Warum nur hatte er sich diese Sicherheit nicht selbst geben können? Hätte Jans Vater ihm helfen können? Als Psychiater? Was hätte man tun können? Wie stark müssen diese Depressionen gewesen sein! Wie sehr muss er gelitten haben. Warum wussten wir alle nichts davon?

Meine Gedanken drehten sich, kamen zu keinem Ergebnis, wie könnten sie auch?

Sein Vater und Tabea sprechen miteinander. Ich höre die Worte nicht, sehe in Davids starres Gesicht und stelle mir seinen Blick vor, wenn er noch leben würde. Ich weiß nicht wie lange sich meine Gedanken bei diesem Blick aufhielten. Irgendwann klopfte meine Schwägerin an die Tür. Es muss sie Überwindung gekostet haben. Doch kann sie es nicht leiden, wenn das Mittagessen zu spät serviert wird. Sie muss kochen. Ich gehe mit ihr, betäubt von diesem Vormittag. Im Auto schließe ich die Augen. Und wieder sind sie vor mir, in meinen Gedanken.

Diese unvergleichlichen Augen und dieser Blick, der warm auf mir ruht. Ich möchte diesen Blick in Erinnerung behalten, diesen David. Obwohl ich weiß, dass auch der andere David existiert hatte. Der depressive Mensch. Der, den sein Vater nicht ein zweites Mal totschweigen möchte, dessen Suizid er daher offen benennt. Diesen Vater kann ich gut verstehen. Sein Mut ist dem Mut von David ähnlich. Vor den Blicken der Menschen hat er keine Angst. Ja, auch David war ein mutiger

Mensch. Über Suizid mag man denken was man will – doch der einfachste Ausweg ist es mit Sicherheit nicht. „David", denke ich. „Mein lieber David". Doch ich bin zu erschöpft, um mir ein genaues Bild über all das machen zu können, was in den vergangenen Stunden auf mich nieder- gekommen ist. Viel zu erschöpft. Nur Davids Augen sind bei mir und begleiten mich. „Bleib hier, David", bitte ich ihn in meinen Gedanken. „Bleib hier!" Die Fahrt dauert lange, schon wieder. Doch nun ist es anders. Vollkommen anders.

Mädchen mit Taube

Wie ich in dieses riesige Kunstmuseum gelangt bin kann ich nicht sagen. Irgendjemand hat mich hergebracht. Mitten in der Nacht und mit verbundenen Augen. Schließlich hat er mich im Kreis herumgedreht damit ich die Orientierung und den Weg vergessen sollte. Dann hat er mir die Augenbinde abgenommen und ist einfach ver- schwunden. Das grelle Licht schmerzt in meinen Augen. Eine überwältigende Anzahl bekannter und unbekannter Kunstwerke hängt an den Wänden. Nahezu unfassbar ist die willkürliche

Mischung aller nur vorstellbaren Stilrichtungen und Epochen. Der Andrang vor den Bildern und das lauter und lauter werdende Gemurmel von Stimmen in allen erdenklichen Sprachen stechen mir unbarmherzig im Kopf. Und dann ziehen die Bilder an mir vorbei. Zu jedem Bild fällt mir ein Mensch ein den ich kenne oder kannte. Mit dem ich befreundet war oder den ich geliebt habe oder noch liebe, der in mein Leben getreten oder aus ihm gerissen wurde. In den bäuerlich derben Bildern van Goghs erkenne ich einen alten Studienfreund.

In den nachtbläulichen, schwankenden von schweren Träumen durchzogenen Liebesbildern von Chagall sehe ich meinen Mann. Mit meinen Fingerspitzen berühre ich die explosiven Farbmischungen und tausend violette Schmetterlingsblitze durchzucken meine Hand. Und dann sehe ich Munch, Popper, Breughel, Monet, Warhol.... Ich sehe die entfernte Freundin, den Großvater, die Nachbarin, den Kunstlehrer, die Cousine – Bilder, Schicksale, Leben, Geschichten. Ich sehe sie in Bildern, in Bildabfolgen oder in winzigen Ausschnitten einzelner Bilder. Aber wo ist meine

Geschichte? Wo ist sie jenseits dieser Bilder, dieser Menschen und dieser Gegenwart? Mein Nacken schmerzt, mein Mund ist trocken, meine Augen ertragen den gewaltigen Andrang der Eindrücke nicht länger. Ich schließe sie. Doch es hilft nichts. Auch vor meinem inneren Auge laufen die Bilder weiter. Erzeugen Assoziationen. Rufen Informationen ab. Halten mich wach und wund und unerträglich flatternd. Ich spüre deutlich, wie mir etwas fehlt. Denn ich kann mich an nichts wirklich erinnern. Unsicherheit steigt in mir auf. Zunehmend fühle ich mich orientierungslos in diesem unendlich erscheinenden, so gnadenlos öffentlichen und überfüllten Raum. Mein Herz pocht schmerzhaft und wild warnend in meiner Brust. Es schnürt mir den Atem ab. Woher komme ich? Was war, bevor ich in diesen Raum gebracht wurde? Unter meinen Füßen bewegt sich etwas wie ein Fließband welches die Besucher von Bild zu Bild gleiten lässt. Ich habe keinen Halt. Plötzlich stoppt die Bewegung mit einem Rucken. Ich öffne die Augen- oder zumindest glaube ich sie zu öffnen. Dann stehe ich vor einer wirklichen Erinnerung. An meine

Geschichte. Ich spüre sie, ich ahne es als ich auf dieses Bild blicke. Dieses Bild hing in meinem Zimmer. Bei mir zuhause. Mein ganzes Leben lang. Schon bei meiner Geburt. Ich weiß nicht woher ich das weiß. Aber ich bin mir plötzlich so sicher. Wieder fällt mir ein Mensch zu diesem Bild ein. Aber er verändert seine menschliche Form und wird zu einem Wegweiser. Als bunter Ball rollt er aus dem Bild. Rollt vor mir her. Lässt mich ihm folgen und rollt wieder in das Bild hinein.

Schließlich bleibt er vor ihren Füßen liegen.

Vor den Füßen des „Mädchens mit Taube" von Picasso. Nachdenklich steht es da und etwas melancholisch. Den Kopf leicht zu Seite geneigt. Aber es steht dennoch fest und klar. Die Taube hält es ruhig in seinen Händen. Alle Umrisse sind klar und sicher. Ich fühle wie diese Sicherheit auf mich übergreift. Die grünblauen Farben sickern vorsichtig in meine Lungen. Ich kann wieder atmen. Das Gemurmel um mich herum wird leiser, die Lichter weniger grell. Und aus dem angedeuteten Weiß seines Kleides fließt die Gewissheit, in mich, ein Stück meiner Erinnerung

wieder gefunden zu haben. Und trotz der
Augenbinde und der Nacht, in der ich fortge-
bracht wurde, trotz des Drehens im Kreise weiß
ich auf einmal, in welche Richtung ich gehen
müsste um wieder zurück zu gelangen.
Der Ball liegt vor mir. Glatt, mit nicht zu fas-
sender Oberfläche.
Und er leuchtet orange-rot vor dem tiefen Grün.
Wieder rollt er weg und ich laufe ihm nach.
Aber nicht dem Ball, sondern dem Weg.

Wiegenlied

Der Maître Chanteur darf nicht singen.
Niemals sei ihm das erlaubt.
Nur tanzen auf den jungen Gräbern,
Ab und zu, wenn es beliebt.
Ihm zum Schutze jedoch nur,
Wenn die kleinen Tiere ausgeflogen.
Jene, deren hohle Bisse schmerzen
Und welche sich mit strengen Zangen
Von innen durch die Köpfe derer bohren
An denen die Nacht zerschellte.
Faulsaftige und viel zu dunkle,
Angstzersetzte Nacht.

Ihr Zerschellen ließ nur Bedauernswerte zurück.
Der Maître, einer von ihnen.
Blass, ewig schlaflos in finalen Tälern
Wo grasverworrne Füße dem
harschunfkaltgesoffnen Rhythmus
Wund wie der Morgen
In Tänzen verraten
Was sie bewegt.
Zerriebenes Gras, düster bald,
Schnell zerronnen, oh Nacht.
Heißlauernder Tag hingegen
Wölbt sich laut schmerzend
Unter ihnen.
Erzählen noch immer alles tanzend - wenn die
kleinen Tiere ausgeflogen - (und nur dann) - den
Toten. Jenen, die gekost von fieberdurchwirkter
Erde. Stumm.
Die jedoch noch immer, *noch immer*
Auf zärtlich´ Dumpfheit warten.
Und den wehen Füßen
Ganz unermesslich lauschen.
Ihnen und auch ihm.

Dem längst vergess´nen Wiegenlied.

Prager Frost

Es geschah am 15. Januar des Jahres 1887, als Anton, Sohn des Schuhmachers Nathanael Emil Sternberger zu Prag, mit einem Herzleiden geboren, und infolgedessen von seinem Vater von Anbeginn seines Lebens ignoriert wurde. Zunächst war man sich nicht sicher, ob dieses merkwürdige Verhalten Antons Krankheit oder aber vielmehr einer Eigenart des Schusters im Umgang mit Neugeborenen zuzuordnen war. Doch als Elias, der Zweitgeborene, in der Johannisnacht des darauffolgenden Jahres die Welt erblickte und Anton das Bettchen der Neugeborenen streitig machte, stellte man voller Verwunderung fest, dass Nathanael wie ein treuer Schatten an Elias hing, und es kaum einen Augenblick gab, indem er ihn nicht mit äußerstem Stolz im Ausdruck mit sich herumgetragen hätte. Anton hingegen würdigte er kaum einer Erwähnung - geschweige denn eines Blickes. So wuchs der Erstgeborene, ungeachtet der Bemühungen seiner ebenfalls kränklich veranlagten, bleichen Mutter, weitgehend für sich auf, eingesponnen in das Geflecht seiner eigenen, beinahe schon phantastisch anmutenden Welt, in dem Körper und Körperlichkeit ihre tragende Rolle verloren hatten. Selbst größte Hitze und die vielbeklagte Kälte des Prager Winters machten ihm in dieser Lage nichts mehr aus. Weit weg war er, flog über alle und alles hinüber. Gelegentlich sogar über sich selbst. Elias hingegen wuchs und gedieh zu einem sehr prächtigen, hochgewachsenen, außerordentlich starken Mann, der sich in allerlei Wettkämpfen maß, wobei es in den allermeisten Fällen bereits festzustehen schien, dass Elias, und niemand Geringerer als er, den ersten Preis bei jeglicher so gearteten Veranstaltung würde erreichen können- vielleicht sogar würde erreichen müssen. So sehr sein Vater den Blick von Anton abgewandt hatte, so sehr haftete dieser nun auf dem Stolz seiner Tage, auf Elias, dem allerprächtigsten, dem begehrenswertesten, dem unverletzbarsten aller jungen Männer vor Ort. Anton hingegen hatte sich, besonders nach dem Tod seiner Mutter, in einem der besonders feuchten und verregneten Frühsommer, welche an manchen Tagen sogar mit Frost begannen und somit leicht imstande waren einem auch noch den winzigsten, kümmerlichsten Rest von Lebensfreude zu entziehen, nun vollends in seine eigene Welt geflüchtet. In oft Monate andauernden Meditationen suchte er sich dem Wesen der Dinge zu nähern. Interessieren tat man sich nicht für den blassen, fast durchscheinenden Anton, bis der Pfarrer durch einen Zufall entdeckte, dass es niemandem außer Anton gegeben war die rechten Worte für die jeweils Trauernden einer Gemeinde zu finden. Anton wurde nun immer häufiger dazu gezogen, selbst die Predigten verfasste er mittlerweile - im Auftrag des Pastors zwar- doch war es nicht im Interesse desselben diesen Umstand an die größte der alten Kirchenglocken zu hängen, so dass nur ein zartes Bimmeln, ein kleines Raunen durch die Schar der Gemeinde ging, wenn einer der Sätze ihnen zu gut durchdacht, zu filigran gefeilt, zu kunstfertig und allzu nachdenklich zu ihnen sprach. Wohl wussten sie, dass ein solcher Satz nur aus Antons Feder stammen konnte, doch hielt man es dem Pastor zugute, dass dieser Anton immerhin entdeckt und der Gemeinde zugänglich gemacht hatte. Nur, gerade so als könne er noch immer nicht aus seiner Haut: Antons Vater teilte die hohe Meinung, welche sich seinem Sohn nun von allen Seiten offenbarte, nicht. Misstrauisch saß er fortan in der letzten der Kirchenbänke, nur noch die unmittelbar tröstende Gewissheit im Rücken von dieser jederzeit und unbemerkt ins Freie entweichen zu können, sollte die Verehrung seines verkrüppelten und kränklichen Sohnes Anton noch albernere Züge als bisher annehmen. Die Sonntagnachmittage hingegen entschädigten den Vater allesamt für die zu einer lästigen Pflicht gewordenen Kirchenbesuche. Mit Elias trainierte er im Wald, bereitete ihn auf das nächste Dorfrennen vor oder auf das jährliche Kräftemessen im Heben schwerer Gegenstände, wie umgeschlagener Baumstämme. Ich denke nicht, dass es Grausamkeit des Schicksals war oder gar eine Art Rache am Vater. An solcherlei primitive Kausalzusammenhänge, welche von purer Rachlust eines vermeintlich höherstehenden Wesens zeugen würden - könnte ich niemals glauben. Wäre es doch ein solch unsinniges Unterfangen, das es mir unwahrscheinlich erschiene, warum sich jemand diese Mühe machen sollte. Doch schweife ich ab, greife voraus, denn dieser meiner Überlegung kam ein gänzlich unvorhersehbares Ereignis zuvor. Elias, der Schöne und Starke, der immer lachende und wettergebräunte Liebling des Vaters und Favorit so ziemlich jeder Frau des Ortes (selbstverständlich wie es sich geziemte: Im Verborgenen) fiel an einem dieser Sonntagnachmittage mit dem Gesicht nach vorn der Länge nach um, wie ein gefällter Baum. Mit dem Gesicht im frischen Junigras lag er regungslos. Der Vater lief in stummem Entsetzen in den Wald hinein, ließ den Toten unter Schmerzen, die kaum eines Menschen Geist ertragen konnten, zurück und wurde erst fünf Tage später, fast unmittelbar vor der Beisetzung des geliebten Sohnes, wiedergefunden, aufgegriffen, mit Nahrung und ausreichend Selbstgebranntem versorgt, in einen schwarzen Anzug gesteckt und beinahe willenlos zur Kirche geführt. Trotz der Bemühungen der Nachbarin dies noch auf dem Weg mit Kamm und Bartschere zu ändern erreichte er diese zerzaust wie ein heimatloser Vogel und bärtig wie ein Tagedieb. Elias, dort aufgebahrt, sah noch im Tod wie das Leben selbst aus. Das dichte helle Haar umschmiegte sein schönes Gesicht. Unwillkürlich breitete sich ein kurzes Lächeln des Vaterstolzes auf seinen Lippen aus, erwuchs und erlosch im Augenblick, in dem sich Anton, bleich und verwachsen, mit ernstem, gefasstem Gesichtsausdruck den beiden näherte. Vater und Sohn. Selbst im Tod war Elias dem Vater näher, und er gab sich keinerlei Mühe dies vor Anton zu verbergen. Im Gegenteil. Wut stieg in ihm hoch und verweilte boshaft in seiner Kehle, steckte fest und wuchs von dort nach innen, verknotetete sich zu einem in sich nicht zu entwirrenden Klumpen des Hasses darüber, dass es der falsche Sohn war, der nun gleich zu Grabe getragen werden musste. „Vater", sprach Anton leise, setzte sich neben Nathanael und nahm seine große, grobe und warme Hand in die Seinen. Feingliedrig und kühl, beinahe wie die Hände einer Frau fühlten sie sich an. Kaum spürte Nathanael sie bei sich - und doch war sie da, diese unsägliche Hand. So wie Anton da war. Anton, der ihm während der gesamten Zeremonie nicht von der Seite wich. Der Vater konnte beim besten Willen nicht sagen, ob ihm dieser Ausdruck plötzlicher Nähe zutiefst zuwider oder einfach nur unangenehm sein sollte. Die Blicke der Gemeinde, die mit einem gewissen Wohlwollen auf ihm ruhten, gerade so als sei dies hier, seine Geschichte, die nun zu etwas Besonderem geworden war etwas, das sie auf verstörende Weise entzückte, empfand er als empörend, als geradezu unerhört. Eine Variante des „verlorenen Sohns", die ihm nicht geheuer war, und welche im Grunde nichts mit dieser traurigen und unsinnigen Geschichte zu tun hatte, welche sich den Verlust seines geliebten Sohnes zum Inhalt schuf. Wie dies nun zu einer Art biblischer Geschichte anwuchs entzog sich seinem Verständnis. Wie er die so offenbar selbstzufriedene Gemeinde in jenem Moment hasste. Er hätte Feuer in ihre Mitte schleudern wollen - kraft seiner Hände, falls es ihm nur möglich gewesen wäre. Doch wem machte er hier etwas vor? Nichts würde er schleudern, gar nichts. Er, Nathanael, saß hier vor der Leiche seines Sohnes`, der noch vor einer Woche der Inbegriff eines unvergänglich scheinenden, mit allem gesegneten Menschen gewesen war. Und obgleich mir der Gedanke, dass es Grausamkeit des Schicksals war, noch immer fernliegt, und ich mich noch immer nicht zu einem Glauben an die Rache eines Gottes bekennen kann - Antons Vater tat es. Es musste einen Schuldigen geben. So etwas konnte nicht einfach nur so geschehen, einfach nur so. Hätte dies doch bedeutet, dass das Leben seines Elias letztlich bedeutungslos gewesen wäre. Nein. Sinn und Bedeutung mussten sich irgendwo verbergen. Er musste nur suchen, suchen. Anton, mit dem Ausdruck eines ihm widerwärtigen Mitleids, verwies ihn auf seine eigene, nun schon Jahre zurückliegende Suche.

Der Sohn wollte ihn teilhaben lassen an dem, was er gefunden zu haben glaubte. Meditation. Was für eine Zumutung. Ein bitterer Geschmack in seinem Mund, ein unwillkürliches Ballen seiner Fäuste war alles, was er darauf zu antworten gewillt war. Doch nein. Er würde natürlich weder vor Anton ausspucken noch ihn schlagen.

Er würde sich, nur der Teufel wusste warum, wenigstens diesmal, zusammennehmen und zumindest vorgeben Anton zu mögen.

Was Nathanael weder ahnen noch wissen konnte war, dass Anton nur scheinbar die Kunst der Meditation erlernt hatte. In Wahrheit war er über diese hinausgegangen, hatte sich etwas Diabolischem, dem „luziden Träumen", hingegeben, wodurch es ihm gelungen war seinen Körper, mit dem ihn ohnehin nichts verband, zeitweise zu verlassen. Auf dieser Ebene, und wieder möchte ich betonen, dass er, obgleich von gewissen diabolischen Kenntnissen mächtig durchdrungen, kein einfacher und schnöder Racheakt der Tatsache zuzuordnen war, dass er auf einer dieser luziden Reisen seinen jüngeren Bruder Elias über den Umweg seines Geistes getötet hatte. Rache war indes nicht seine Absicht gewesen. Er verspürte keinen Groll gegen Elias, wenngleich er davon ausging, dass Nathanael, sein Vater, durchaus eine wichtige Lektion zu erlernen habe. Doch auch diese Überlegung entbehrte primitiven und dumpfen Vergeltungsgedanken. Vielmehr war es ihm daran gelegen dem Vater die Angst vor dem Verlust zu nehmen, die diesen am Tag seiner Geburt, am Tag der Geburt des herzkranken Sohnes ereilte.

Anton, Verursacher dieser gänzlich fruchtlosen Ängste, sah sich nun in der Pflicht dem Vater zu zeigen, dass es keiner Notwendigkeit entsprang sich allzu sehr an das irdische Dasein zu klammern, allzu sehr das Hier und Jetzt zu zelebrieren, wie er es gemeinsam mit Elias getan hatte. Doch irrte er sich, der verblendete Vater, denn ganz andere Sphären hatte Anton durchwandert, wissend um die kurze Zeit auf Erden, wissend um die weitaus wichtigeren, größeren Dinge. Jedoch erkannte er, der gelernt hatte aufs Genaueste in jeglichen Gesichtern zu lesen, die vergebliche Anstrengung seines Vaters, welcher sich in höchst ungelenker, offenkundig heuchlerischer und plumper Form um etwas falsche Freundlichkeit bemühte. Die Lüge war viel zu offensichtlich und wog zu schwer, doch, was für Anton noch sehr viel schwerer wog, war das damit einhergehende vollkommene Unverständnis, welches sich hiermit zugleich offenbarte und vor ihm entblößte. Nun kam selbst Anton nicht mehr darum herum eine zunehmende Missgestimmtheit in sich zu spüren, welche zunächst nur ein wenig aufkeimte, um dann aber jedoch mit exponentieller Verstärkung all des bisher nie wahrgenommenen Ärgers zu etwas anzuwachsen, das weitaus stärker als er selbst zu sein schien. Beinahe schon aus Gewohnheit verließ er fluchtartig seinen Körper, eine Übung die ihm durch lange Vertrautheit ein Leichtes war. Doch selbst da er nun vom Körper losgelöst den Vater von oben sah, konnte er sich von dieser Wut nicht lösen. Er versuchte es mit allerlei Ablenkungen – doch vergebens. Und so geschah es, dass auch Nathanael, ähnlich wie sein Sohn Elias, ohne Vorwarnung und ohne ersichtlichen Grund noch in der Kirche mit einem erstaunten Röcheln leblos zusammenbrach. Stöhnend fuhr Anton zurück in seinen Körper – wohl wissend, dass er nun wohl so etwas wie Schuld, oder doch zumindest so etwas wie Bedauern fühlen sollte. Doch dem war nicht so. Die Feierlichkeiten um seinen Bruder und um seinen Vater ließ er noch über sich ergehen. Wie zu erwarten stand die Gemeinde voll der guten Worte, die ihn jedoch nicht erreichten, hinter ihm. Zuletzt pflanzte er (mitten in der Nacht, da dies für das Wachstum von Bäumen der Sage nach eine verhältnismäßig große Bedeutung spielte) einen kleinen, recht unscheinbaren Baum auf dem Grab der Verstorbenen, bekreuzigte sich, verweigerte jedoch standhaft das Gebet. Schließlich verließ er die Stadt, was eine ungewöhnliche Anstrengung für ihn darstellte. Sein Herz klopfte laut in der aufkommenden Wärme der frühen Prager Morgenstunden.

Mein fremder Garten

Mein fremder Garten ist vollkommen verwildert seit die Besitzer verstorben sind und die Natur sich das zurückerobert hat, was über Jahre mühsam in Form gebracht worden war. Welk und struppig waren die Rosen in sich zusammengesunken, hatten die hohen Zwiebelpflanzen sich zu einem unüberlegt langen Schlaf träg in den Schlamm gebogen, hohe Disteln und Löwenzahn, wuchernde Kletterranken, braungelb verfärbte Bäumchen, abgestorbene Stämme. Eine alte, englische Erzählung kam mir unweigerlich in den Sinn, so dass ich beschloss mich ihres Inhaltes in Teilen zu bedienen und es mir somit für die nächsten Wochen zur Aufgabe zu machen, aus diesem Garten wieder das zu machen, was er vorher gewesen war. Der alten Erzählung dabei vage folgend, zugleich wohl wissend, dass mich die grundsätzliche Sinnlosigkeit dieses Unterfangens wieder einholen würde. Zum einen würde die Natur über kurz oder lang doch wieder das machen was sie wollte, zum anderen würde der Nachbar, auf dessen Haus ich aufpasste den Teufel tun und mir auch nur ein gutes Wort zu diesem Garten gönnen. Ich tat es also für mich. Möglicherweise wären mir noch ein paar andere Menschen eingefallen denen zuliebe ich es getan hätte, doch wollte mir nichts recht in den Sinn kommen, vielleicht von der toten Freundin abgesehen, welche die Vorbesitzerin des Anwesens mit Garten gewesen war. Es gab fortan keinen Tag mehr den ich nicht in diesem Garten verbrachte, dabei trickste ich ein wenig, da ich Geräte wie einen vollelektrischen Rasenmäher, zahlreiche Kantenschneider jedweder Größe, einen professionellen Freischneider aus dem Baumarkt, einen Unkrautverdampfer und diverse Gradeckenschneider verwendete, indem ich einen 10 Liter Sack Grassamen im Großmarkt kaufte für die von der Sonne verbrannten kahlen Stellen des Rasens, indem ich mein Auto zur Hilfe nahm um kiloweise die beste Blumenerde zu kaufen und in noch größeren Mengen das, was von meinem Schneiden in Säcke gefüllt worden war, um es abzutransportieren. Ich trat mit Universaldünger und Gartenschlauch an, mit Latex-Handschuhen und Gummistiefeln. Im Vergleich zur englischen Erzählung verfügte ich also über zahlreiche Hilfsmittel; dank des Internets konnte ich schnell meine erheblichen Wissenslücken im Bereich Gartenarbeit fast vollumfänglich schließen. Ich setzte sogar Lavendel kreisförmig um die Rosen, die mir besonders am Herzen lagen, vor den lästigen Blattläusen zu bewahren. Gelegentlich schütze ich die Rosen sogar mit einem Schirm, immer dann, wenn die Sonne zu heiß auf den Garten herabbrannte, so dass ich mir Sorgen machte. Mein Einsatz zahlte sich aus. Bald stand mein fremder Garten in voller Pracht und der Sommer lag noch vor ihm. Kein einziger Bote des Herbstes hatte sich bereits bemerkbar machen können, alles lag noch vor ihm, fast alles. Die Pfingstrosen waren eben erst verblüht und hatten anderen Platz gemacht. Dies jedoch, obgleich sich, außer dem für mich so bedauerlichen Verblühen der hohen Pfingstrosen keinerlei Gefahr in meinem fremden Garten abzeichnete, vermochte einen furchtbaren Schrecken in mir zu erzeugen, welcher sich wohl nur damit zu erklären ließ, dass auch ich bald würde weichen müssen. Doch der Garten half mir solche Gedanken kurzfristig zu vergessen. Seine Schönheit stemmte sich meiner Angst mächtig entgegen, anders kann ich es nicht beschreiben. Wie in jener englischen Erzählung, die ich als Kind gelesen hatte, verbesserte sich mein Zustand, der wahrlich kein Guter gewesen war. Nachts schlief ich ebenerdig, mit weit geöffnetem Fenster um mich nur nicht allzu weit von meinem Garten zu entfernen. Ich roch ihn deutlich und nur so vermochte ich es zu schlafen. Sobald ich erwachte, zog es mich wieder in den Garten, der mir ungeahnte Freuden schenkte. Als ich unvermittelt junge Triebe bei einer im Winter erfroren geglaubten Rose sah, breitete sich ein nie gekanntes Glücksgefühl in mir aus.

Die anstehende Rückkehr des Besitzers begann ich zunächst mit Argwohn, später sogar mit Angst zu erwarten. Er würde meinen fremden Garten verständnislos an sich reißen. Zumindest dachte ich das. Doch eines hat mich dieser Garten gelehrt: Die Natur macht ohnehin nur das, was sie will.

Der Nachbar nun, ein wenig plump war er schon immer gewesen, verhakte sich bei seiner Rückkehr so ungeschickt in einer kraftvollen Rosenhecke dass er zerschunden und panisch den Rücktritt antrat ohne das Haus auch nur betreten zu haben, abergläubisch und larmoyant, gänzlich davon überzeugt, dass sich der Garten gegen ihn verschworen hatte. Vermutlich war er also nicht der Einzige, dem in der Kindheit zu viele Bücher untergekommen waren. Wer weiß, vielleicht war es aber auch wirklich so. Bleiben konnte ich leider dennoch nicht, da war nichts zu machen.

Unaufschiebbare Dinge erforderten zu meinem Leid meine dringende Anwesenheit und somit mein Verlassen von Haus und Garten.

Doch als ich ging da wusste ich mit einem Mal, dass mein fremder Garten von nun an aufs prächtigste allein zurechtkommen würde ebenso wie ich selbst.

Zu Protokoll

Mit seinem eigenen Körper habe er die arme Frau geschützt, gab der junge Mann vor Aufregung bebend zu Protokoll. Unendlich viele Tritte sowie schwere Schläge habe er hierfür ohne zu Murren eingesteckt, ja, ohne einen einzigen Laut von sich zu geben. Der Schreck säße ihm noch jetzt in den Gliedern ergänzte er, an seinem Glas nippend.

Gestern erst sei es passiert.

Jene, die er mit allen Mitteln zu schützen suchte, sei im Krankenhaus. Doch ohne ihn nicht einmal mehr dort. Tränen glänzten und begannen zu blenden. Ich kniff die Augen ein wenig zu. Nur ganz kurz. Das versteht sich. Immer wachsam bin ich während meiner Protokolle. Objektiv zudem. Er zog nun zur Bekräftigung seinen gestreiften Pullover nach oben, drehte sich so, dass ich seinen böse geschundenen Rücken sehen sollte. Nackt entblößte sich dieser Rücken vor mir. Nackt und makellos wie frisch gefallener Schnee.

„Schrecklich", sagte ich. „Nicht wahr?" erwiderte er. Schweigend nickte ich während er, um sein Zittern zu bändigen, heftig rauchte.

Die Wolke

„Dir steht die Gutmütigkeit auf 100 Meter ins Gesicht geschrieben", verspottete mich mein guter Freund Ludwig, nachdem ich in kurzer Zeit fast all mein Geld loswurde. Gerade an diesem Tag gab es so offensichtlich vielen Menschen zu helfen. Die Bedürftigkeit hing geradezu wie eine schwere Wolke über der Stadt. Wie sich mein Freund dem entziehen konnte weiß ich nicht. Mir gelang es nicht. Allerdings, zum Ende des Tages hin wurde ich ein wenig ungehalten, da mir bewusst wurde, dass ich so großzügig Geld verteilt hatte, dass es nun für mich selbst knapp werden würde. „Selbst Schuld". Mein Freund weigerte sich mir etwas zu leihen und verabschiedete sich übereilt mit einem Vorwand. Mir blieb nur ein Ramsch- Laden, der seine Waren günstig feilbot, so dass ich beschloss mein letztes Geld eben dort auszugeben, und diesmal nur für mich selbst. Wie zumeist blieb es beim Vorsatz. Eine nicht besonders freundlich aussehende, forsche junge Frau mit einem etwa dreijährigen Jungen, der für seinen Kinderwagen zu groß zu sein schien, sprach mich an. Ob ich ihr Shampoo und etwas Süßes für den Kleinen

kaufen könnte? Sie würde auf mich warten. Ein leichter Ärger stieg in mir auf. Während ich meinen Korb belud, hatte ich diese Stimme im Kopf, fordernd und dazu fast drohend. Der kleine Junge im Kinderwagen - vermutlich ein Statist, nicht ihr eigenes Kind sondern eigens so arrangiert von jenen, die diese Menschen losschickten um sich am Abend oder am Ende - egal wie man es ausdrücken will- an ihnen zu bereichern. Ohne weiter nachzudenken griff ich nach einem Shampoo für die Frau und einer Dose Kekse für den Jungen. Das Shampoo würden sie der Frau sicherlich abnehmen und irgendwo im Ausland teuer verkaufen. Die Kekse jedoch, das durfte einfach nicht anders sein, würde der Junge behalten dürfen. Er strahlte mich an als ich sie ihm gab, es war kein gespieltes Lachen. In dem Augenblick begriff ich, dass sich bisher niemand direkt an ihn gewandt hatte. Die gecastete Mutter hatte, wenn überhaupt, alles bekommen. Statt sich zu bedanken forderte sie weiter: „Können Sie dem Kind etwas zu trinken kaufen?!".

Ich schüttelte den Kopf und log dabei noch nicht einmal. Nicht einmal 30 Cent besaß ich in diesem

Augenblick. Der Junge lachte mich mit den großen Augen an und da war sie, die Wolke die sich über mir zusammenzog. Ich fühlte einen Stich, irgendwo in mir, genau war er nicht zu lokalisieren. Heftig war er denn ich begriff, dass auch der Junge die Kekse nicht würde behalten können und dass er vielleicht genau in diesem Augenblick gelernt hat, dass einem, irgendwann, im Leben, sei es früher oder später, wieder weggenommen werden wird. In seinem Fall früher. Nichts war wie es schien, alles ein Schauspiel, eine gezielte Täuschung um menschliche Gefühle hervorzurufen, vorzugeben. Nichts war echt, die Dose, wer weiß das schon, vielleicht schon zu Beginn leer. Wenn ich ehrlich bin fühlte sie sich bereits während des Kaufs so unverschämt leicht an.

Levi Mühsam

Nein, es stimmt nicht, dass es in Konstanz neblig ist. Zumindest ist es nicht mehr so neblig wie es einmal war. Der See, und die Zeit, ich weiß nicht genau wie, sorgt für Ausgleich. Die Zeit war es die den Anfang machte. Nun ist es der See, welcher allgemein für einen Ausgleich sorgt. Der See ist es auch der mahnt die oft beschworenen Grenzen des Wachstums nicht zu überschreiten. Er bietet eine natürliche Grenze, wohingegen man das von der Zeit nicht sagen kann. Ich wohne im alten Hotel Zeppelin. Es kommt mir so vor als schlage das Herz der Stadt dort. Doch bleibe ich nie an einem Fleck. Mal wohne ich im Stadtpark, vor allem im Sommer, oder in der Unterführung, solange man ich nicht von dort vertreibt. Dann wieder wohne ich an der alten Stadtmauer, wenn ich meine linke Hand vorsichtig aus dem Küchenfenster strecke kann ich sie berühren. Ich berühre sie und fühle mich sicher. Eingebunden in Jahrhunderte, ein sicherlich kleines Teil ist mir hiervon zugefallen, vermutlich alles in allem recht unbedeutend, möglicherweise aber doch auch bedeutend, da immer notwendig im Sinne des Ganzen. Im Herbst wohne ich in der alten Synagoge und ein alter Mann grüßt mich im Aufzug. Es ist eine offenbar recht pragmatische Synagoge, da man hier nicht nur betet, sondern auch wohnen kann. Mir gefällt das. Der alte Mann trägt Hosenträger und heißt Levi Mühsam. Ich möchte mit ihm sprechen, doch wirkt er scheu. Vielleicht bin aber auch ich scheu und habe es nur noch nicht gemerkt. Koch sagte man solle mich abholen. Er wohnt nicht in Konstanz. Im Grunde weiß er nichts von mir. Irgendjemand hat ihm etwas von mir erzählt, doch hat eine andere Person gemeint. Eine erfundene Person. Koch ist leider nicht erfunden. Er hat früher schon einmal gelebt, da bin ich mir sicher. Und ich bin mir auch sicher darüber auf welcher Seite er damals stand. Alles an ihm wertet mich ab oder versucht es zumindest. In Wahrheit wertet sich Koch selbst ab, aber ich vermute einmal, dass er das nicht begreift. Vielleicht begreift er es deshalb nicht weil er nicht am See wohnt, sondern auf dem platten Land, trocken und leer wie er selbst. Ich muss an ihn denken, jetzt wo ich wieder da bin, wo ich zurück am See bin und Levi Mühsam es nicht mehr ist. Jahre sind vergangen doch noch immer ist es dieser See der heilt, der See, der alles überdauert hat und überdauern wird, alles, außer der Zeit. Mein Leben auf dem platten Land ist mir unheimlich geworden. Es erscheint mir als das ultimativ Böse, besessen von etwas, das es wohl bereits gab und immer geben wird. Etwas Unendliches gegen etwas Unendliches. Soll ich ab sofort ganz offiziell an Wiedergeburt glauben? Ich tue es wenn ich das Fruchtwasser des Sees erblicke, die Schaumkronen aus denen immer wieder etwas Neues wird. Ich sollte es besser niemandem sagen, die Welt ist so furchtbar sachlich geworden, auf eine Art zumindest.

Hinterher wird es einem noch negativ ausgelegt. Das Böse ist zurückgekommen, so wie es bereits da war und immer da sein wird, zumindest so lange bis auch der letzte Mensch aus der Zeit gefallen sein wird. An der Seestraße hingen die Hakenkreuzfahnen. Jetzt fällt es mir wieder ein. Ich bin schon einmal hier gewesen. Mehr als einmal. Nazibraun sieht aus wie der Durchfall eines Säuglings.

Levi Mühsam beginnt mir zu fehlen. Ich weine und weiß nicht warum. Ich sehe seine breiten Hosenträger, die bis zur Brust hochgezogene Hose, so, wie das Männer früher immer trugen und ich wusste, dass er damals, damals, als noch überall in Konstanz die unsäglichen Hakenkreuz-Fahnen vor den Fenstern im Wind flatterten, er noch kein Mann gewesen war. Ob er auch hier im See geschwommen ist? Ich sehe ihn deutlich vor mir. Ein Kind, das noch nicht wusste was kommen wurde und sich voller Vorfreude auf das Leben in das Wasser wirft, während die Sonne die vielen kleinen Schaumkrönchen wärmt die aufge- schäumt wie ein italienischer Kaffee dem See ein ganz besonders Aussehen verleihen.

Dillinger

Athanasius Dillinger kam, entgegen seiner vollmundigen Werbeanzeigen in der hiesigen Handwerkerzeitung, fast nie vorbei wenn man ihn brauchte, was einen merkwürdigen Grund hatte. Erst später begriff ich, das sich dahinter ein Konzept verbarg, mit welchen ihm gelungen war, den Tod selbst auf Abstand zu halten. Wann immer der Tod sich ihm näherte- Dillinger war seit einem Badeunfall hellsichtig (im Alter von knapp acht Jahren war er mit dem Hinterkopf so un- glücklich auf einem Stein gelandet, dass er bereits die Engel des Herrn hatte singen hören, doch war er zurückgebracht worden. Vielleicht war dies mit dem Umstand zu erklären, dass ein Leben als Handwerker und Vater von sechs Söhnen vor ihm lag – etwas, dem man sich nicht entziehen sollte, will man sich nicht nachsagen lassen man würde Arbeit und Kummer scheuen)- doch wo war ich stehengeblieben? Ah! Ja! Wann immer der Tod sich ihm näherte, blieb dies Athanasius Dillinger nicht verborgen. Seit jener Zeit, seit dem Augenblick des Unfalls, konnte jener Dillinger den Tod nämlich sehen und auch, um wen sonst er gerade herumschlich wie eine allzu hungrige Katze. Niemals jedoch hätte sich Dillinger getraut davon Gebrauch zu machen.

Möglichkeiten hätte es durchaus zuhauf gegeben. Im Schleich hätte er sicherlich noch einige unseriöse Verträge zu seinen Gunsten aufsetzen können, hätte unbezahlbare Tipps abgegeben und sich in vielerlei Hinsicht mit diesem Wissen bereichern können. Indes fiel es ihm nicht ein, nicht einmal daran denken hatte er mögen, und selbst der eigenen Mutter hatte er nichts gesagt, als ihm gewahr wurde, dass der Tod ihr weinerlich an den Rockschößen hing. Dillinger dachte keine Sekunde darüber nach. Das musste er nicht. Etwas, ganz tief in ihm sagte ihm deutlich, dass er im Grunde bereits viel zu viel erfahren hatte, und dass es ihm nicht gut zu stehen kommen würde dies allzu sehr oder auch überhaupt nur jemals durchblicken zu lassen. Doch dann, Dillinger hatte die 60 gerade überschritten, bemerkte er den Tod, bleich und schon fast verlegen, um ihn selbst herumschleichen, was ihm gehörig gegen den Strich ging. Dem Tod wiederum war es nicht Recht von Dillinger in solch' intimen Momenten gesehen zu werden, so etwas gehörte sich nicht. Auch hier unterschied sich der Tod nicht von einer Katze. Der Tod erkannte also verstimmt, dass Dillinger ihn sah, egal wie schnell er sich hinter Ecken und Winkeln wegzuducken verstand. Er nahm daher ganz selbstverständlich an, dass es sich bei Athanasius Dillinger um eine ausgesucht besondere Person handeln musste. Ganz Unrecht hatte der Tod freilich nicht. Als Handwerker und Vater von sechs Söhnen konnte man ihn durchaus als eine solche bezeichnen; auch (oder gerade) wenn nicht alle Söhne gut geraten waren. Der Jüngste wurde, wohl aufgrund seiner Ähnlichkeit mit einer Ziege, gar mit Dämonen und mit böser Besessenheit in Verbindung gebracht wurde, doch da machte sich der Tod die Sense beileibe nicht schmutzig. Er begnügte sich auf seine Aufgabe, so wie ja auch der Schuster bei seinem Leisten blieb. Immerhin ist das bei den Kindern ohnehin so wie mit den Pfannkuchen. Man muss kein Bäcker sein, um dieser Erfahrung bereits gemacht zu haben. Der erste gelingt meistens nicht- ebensowenig wie der letzte, weil sich der Bäcker da bereits in einer selbstgefälligen, und dadurch gefährlichen, kamikazeartigen Sicherheit wiegt. Auch das feinste Mehl, die frischste Butter und die glücklichsten Eier können in einem solchen Fall nichts mehr zum Guten wenden. Doch Söhne hin oder her- in seiner Arbeit war Dillinger ein ungekrönter König. Seine Häuser standen so fest und stolz, dass jeder wusste, dass dies nur die Arbeit eines wahren, eines begnadeten Meisters sein konnte. Dillinger selbst fand das auch. Das Arbeiten lag ihm, doch auch das Fischen und das gute Essen. Umso mehr betrübte ihn die Tatsache, dass der Tod begonnen hatte ihm um die Beine zu streifen, seinem Schatten zu folgen und ihm – kurzum- keine Ruhe mehr zu lassen. Es kam ihm daher, wer mag es ihm verübeln, der Gedanke, den Tod zu narren. Wann immer ihn dieser holen wollte versprach ihm Dillinger nun, er käme gleich, nur müsse er zuvor noch die hölzerne Haupttür beim Bürgermeister selbst überprüfen- doch dann, gleich nach dem letzten Hammerschlag könne der Tod ihn freilich unverzüglich mitnehmen.

Das Gleiche versprach er auch dem Bürgermeister (mit leicht abgewandeltem Wortlaut), welcher jedoch vergebens auf sein Kommen wartete. So kam es, dass der Bürgermeister und der Tod umsonst auf Dillinger warteten; dieser hielt sich derweil nämlich im Schafstall des Obergfell Bauern versteckt und zählte die Schäfchen mit großer Seelenruhe, so als wollte er sanft einschlafen. Einschlafen ja, doch nicht für immer! Über viele Jahre gelang es Dillinger den Tod auf diese Weise zu narren, wobei ich mir nicht sicher bin, ob der Tod am Ende noch selbst Gefallen an diesem Spiel gefunden hatte und er Dillinger daher schon von sich aus entkommen ließ. Mit Sicherheit kann dies selbstverständlich keiner jemals mehr sagen, doch erschien mir diese Erklärung eine einigermaßen naheliegende zu sein. Im hohen Alter von 103 Jahren und neun

Monaten schließlich wurde er im Schlaf sanft abgeholt. Ich kannte Dillinger persönlich nicht näher, doch denke ich, dass, in Anbetracht all der Jahre, die er dem Tod abgerungen hatte, er sich vermutlich nicht beklagt hätte.

Drachenkopf

Als ich an einem frühen, nebligen Oktobertag zur Bushaltestelle ging, saß im Wartehäuschen ein großer, dunkelhaariger noch junger Mann, der in einem Drachenkostüm steckte. Den Kopf mit den Zähnen hatte er sich in den Nacken gezogen um eine zu rauchen. Zunächst traute ich mich nicht ihn anzusprechen. Immerhin war es ja möglich, dass es sich bei ihm um einen Wahnsinnigen handelte. Nach recht kurzer Zeit und einigen Seitenblicken konnte ich dies jedoch relativ sicher ausschließen. Wir kamen bald ins Gespräch; die amüsierten Blicke der vorbeifahrenden Autofahrer bemerkte er nicht. Vielmehr erzählte er mir voller Stolz von seiner Idee, das Drachenkostüm zugleich als Schlafsack und als Erkennungszeichen zu nutzen, da er auf dem Weg zu einer Studentenfreizeit sei. Als unser Bus eintraf, verabschiedete ich mich und ließ ihn allein. Keine Minute dauerte es als eine alte Wachtel kreischte: „Der trägt ein Fasnetskostüm, hooooooooo - ein Fastnetskostüm!" Ich drehte mich um und sah, wie er seinen Kopf mit einem Mal scheu gesenkt hielt. Der Bus fuhr gerade langsam in der Nähe des Hexentürmchens am Rhein vorbei. Kein gutes Omen, da hier eine der Fastnachtshochburgen der Stadt beheimatet war. Wie ich es vermutet hatte, war dies das Zeichen für die Meute.

Auch der Busfahrer schritt nicht ein, als die Menge ihn zertrat, den Jungen, und sich die großen Dreiecke aus Stoff, welche Drachenzähne symbolisieren sollten, vollkommen mit Blut und Schmutz vollsogen wobei sie sich recht klebrig weigerten ihren Platz zu räumen als man den vom Mob zermalmten jungen Mann wegschaffen lassen wollte. So und nicht anders, liebe Leserinnen und Leser wäre es ausgegangen - könnte man nicht just durch ein leichtes Blinzeln mit dem linken Auge die Zeit um genau 6.73 Sekunden zurückdrehen- exakt in dem Moment, an welchem das Hexen-türmchen nach der Drehung der Kurve in einem Winkel von 90 Grad direkt hinter einem liegt. Das tat ich. Nun musste es schnell gehen. Der junge Mann saß unversehrt auf seinem Platz, die Leute maulten, scharrten mit den Füßen und schrien bereits: „Fastnachts-kostüm!" Ich erhob mich von meinem Sitz und gab vor, die Unterhaltung von vorhin noch ein wenig vertiefen zu wollen. Da ich nun direkt vor dem sitzenden Mann stand, war er gezwungen zu mir aufzuschauen, seinen langen Rücken durchzu-strecken und das Kinn stets in die Höhe zu halten. Die Drachenzähne aus weißem Stoff umkränzten sein makelloses Gesicht. Heil und ganz kam er nur wenige Minuten später am Bahnhof an. Er drehte sich nochmals zu mir um, winkte und ich konnte nichts tun als ganz insgeheim zu hoffen, dass er im Zug den Kopf nicht wieder senkte.

Dies nämlich öffnet seit alten Zeiten allem Bösen Tür und Tor.

Der Garten der Träume

Bereits als Kind sagte man über mich, dass ich immer am Lachen sei, und tatsächlich fühlte sich alles in mir nach Lachen an. Nach Lachen, Wärme und Sonne. Dann, ich weiß es noch genau, denn es war kurz vor meinem 10. Geburtstag, kam eine so große Traurigkeit über mich dass ich dachte, wenn sie je wieder wegginge, dann hätte sie auch mein Lachen mit sich fortgenommen. Ich hatte mich, das möchte ich gleich zu Beginn festhalten, geirrt. Es kam in den nachfolgenden Jahren immer wieder zurück, zuverlässig wie eine Jahreszeit. Zwar kam auch die Traurigkeit immer wieder, doch wurde sie leichter zu ertragen durch das Wissen, dass sie sich mit meinem Lachen lediglich abwechseln, und es verbürgt zu mir zurückkehren würde. Dies blieb so bis zum Tod meiner Mutter. Vom Tod meiner Mutter an war dieses Lachen weggegangen und weder im zweiten noch im dritten darauffolgenden Jahr wieder zurück-gekehrt. Nach dem ungewöhnlich langen Winter, der dem dritten Jahr gefolgt war, setzte ich mich in ein Flugzeug und flog, ohne lang darüber nachgedacht zu haben, nach Sizilien. Die Touristensaison hatte noch nicht so recht begonnen, was mir entgegenkam, da ich mich selbst noch nicht reif für all das geballte Leben fühlte, welches dann dort vorherrschend sein würde. Allein die Natur war bereits aufgegangen. An den Klippen zum Meer hin fühlte ich mich in einen paradiesischen Garten versetzt: Kakteen, afrikanische Zedern, Wüsten-Palmen, Zitronen und Orangenbäume, riesenhafte Blumen und Blüten. Mein Herz schlug, allein schon bei diesem Anblick, schneller und lauter in mir. Der Anblick war so schön, dass er beinahe schmerzte. Das Hotel war auf einer Anhöhe gelegen, so dass ich bis hin zum griechischen Theater und weit auf das Meer hinausblicken konnte. Oft hielt ich mich an dieser Stelle des Hotels mit dem besten Blick bis hin zum mit Schnee bedeckten Ätna auf. Es war ein besonderes Hotel. Alle waren von großer, familiärer Freundlichkeit. Mehr als das.

Ein junger, auffällig schüchterner Kellner mit freundlichen, warmen Augen, ich mochte ihn sofort, legte mir an jedem einzelnen Tag eine Blüte auf den Teller, die er von den Sträuchern vor dem Speisesaal abgepflückt hatte. Das machte er nur bei mir. Zudem brachte er mir an jedem Tag ein extra Brötchen, einen kleinen Kuchen und einen Tee aus Orangenblüten, so als machte er sich Sorgen darüber, dass ich nicht genug zu essen oder zu trinken bekommen würde. Immer, wenn er in meiner Nähe war, fühlte ich mich sicher. Seine liebevollen Gesten hatten nichts Aufdringliches- im Gegensatz zu manch anderen Gesten der sizilianischen Männer. Ich weiß nicht genau woran es genau liegt, doch insbesondere süditalienische Männer fühlen sich zu mir ganz besonders hingezogen. Ihre Blicke verfolgten mich im Speisesaal, auf der Straße, selbst in der Kirche. Es gab da einen kleinen Park, in den ich mich in den Fällen zurückzuziehen pflegte, in denen mir dies alles zuviel wurde. Und dort traf ich ihn: Einen sonnengegerbten Mann mit hellen Augen, der aus unerfindlichen Gründen einen griechischen Namen trug, wenngleich er, wie er mir versicherte, Sizilianer sei - schriftlich belegt und veredelt durch viele Generationen, die vor ihm bereits hier lebten. Er war alt, und als ich mich zu ihm setzte, seufzte er auf und sagte mit einem Bedauern zu mir gerichtet, wie überaus schön ich sei, und er wiederum...mit einem sich selbst und wen-immer anklagenden: „Warum bin ich so alt?" und einem resignierenden Achsel- zucken gab er auf. „Du lachst nicht viel, oder?" Ich nickte um das zu bestätigen. „Aber das Lachen ist das Vorrecht der Jugend, oder etwa nicht?"

„Damit habe ich keine Erfahrung", gab ich knapp zurück, da mir der Zusammenhang nicht so recht klarzuwerden vermochte. „Ich kann Dir Dein Lebens-Lachen zurückgeben", versprach er, „denn wenn du nicht lachst, dann lebst Du nicht. Ich kann Dir also - in aller Bescheidenheit- Dein Leben zurückgeben." Unwillkürlich dachte ich an die Momente, in denen ich gelacht hatte. In meiner Erinnerung reihten sie sich auf wie die Perlen der schönsten Kette, die ein Auge jemals erblickt haben mochte. Doch weit war sie meinem Blick mittlerweile entschwunden, ein feiger, unbekannter Dieb hatte sie mir genommen, für immer, wie es mir mittlerweile erschien. Und dieser alte Mann, etwas schlitzohrig und der Beschaffenheit seiner Haut nach zu urteilen etwa 300 Jahre alt, wollte sie diesem Dieb wieder abjagen? Was würde er dafür wollen? Dass im Leben nichts umsonst ist, das wusste ich bereits. „Was hast Du denn zu verlieren?" wollte der Alte nun wissen. Müde von der ungewöhnlichen Wärme und den schweren Düften des tropischen

Gartens willigte ich ein. Und dieser Tag, gefolgt von der Nacht, sie gaben mir nicht nur diese Kette wieder. Es war ein unendlicher Schatz aus perlendem Lachen, aus unerschöpflichen Blicken, aus Freude, aus grenzenlosem Übermut, aus dem Duft südlicher Früchte und einem leichten, warmen Wind, der vom Meer herzog und meine Haut streichelte. Eine Nachtigall hörte ich auch- weit, weit und leise aus der Ferne. Ich habe versprochen über diese Nacht nichts generaueres weiterzugeben, doch befand sich in ihr..., wurde in ihr etwas bewahrt. Die Essenz meines Lebens- verdichtet auf diese wenigen Stunden einer einzigen Nacht. Eines Tages und einer Nacht. Als ich des Morgens in mein Hotel zurückkehrte, fiel mir auf, dass sich etwas geändert hatte. Die Männer blickten mir nicht mehr nach, sie winkten nicht mehr aus Autos oder Bussen heraus, sie riefen mir nichts mehr quer über die Straße zu, pfiffen mir nicht mehr hinterher. Sie schienen mich nicht einmal zu bemerken. Das Fehlen dieser Aufmerksamkeiten wunderte mich, doch noch mehr begriff ich, dass sie mir allesamt merkwürdigerweise mit einem Mal fehlten, was mich ein wenig wehmütig stimmte. Der steile Weg, welcher zu dem Hotel führte erschien mir zudem plötzlich weitaus beschwerlicher zu sein als noch beim letzten Mal. Unbemerkt gelang es mir mich in mein Zimmer zu schleichen, da die Rezeption zur Frühstückszeit meist nicht besetzt war. Auch die Treppen bereiteten mir eine ungewohnte Mühe. Beim Öffnen meiner Tür fiel mein Blick auf die Hand, welche den Schlüssel hielt. Es war meine Hand und doch nicht meine. So schnell ich konnte eilte ich ins Badezimmer, denn ein furchtbarer Verdacht war in mir aufgekommen und schnürte alles Leben in mir zusammen. Der Blick in den Spiegel bestätigte meine Ahnung, und ich kann nicht sagen wie ich es ins Bett geschafft habe ohne vor Entsetzen zu schreien. In nur einer Nacht war ich zu einer alten Frau geworden. Der rätselhafte Mann hatte mir das Leben zurückgegeben und mich zugleich mit eben jenem bezahlen lassen. Eine ungeheure Wut schlug in einer riesigen Welle in mir hoch, um gleich darauf wieder in sich zusammenzufallen. Im Bett, mit dem weißen Laken bedeckt, spürte ich meine Kräfte schwinden, und auch mein Groll auf den Alten war nur noch ein leises Echo. Er hatte mich um nichts betrogen. Er hatte mir vielmehr den Anteil des Lachens gegeben, welches mein Leben noch für mich bereitgehalten hätte. Doch hatte er die Durstzeiten dazwischen, die dunklen Kapitel übersprungen. Ja, um diese mochte er mich betrogen haben, doch persönlich fand ich, dass es schlimmere Vergehen als diese gäbe. Man kann hier allerdings, das gebe ich zu, geteilter Meinung sein. Er hatte die Seiten meines Lebensbuches so rasend schnell umgeblättert und mir jede Seite, die ein Lachen enthielt, vorgelesen, vorgelacht und auch vorgetanzt- in einem übertragenen Sinn. Wieder blickte ich zu meinen Händen. Den zerbrechlichen Händen einer alten Frau, von diesen unvermeidbaren Linien durchzogen wie eine Schale aus Marmor, die, bereits zerbrochen, noch einmal notdürftig zusammengefügt worden war. Keiner der jungen, schönen Männer, die mich gestern noch mit ihren schmachtenden, feuchten Blicken, mit seufzenden Versprechen bedacht hatten, würden freiwillig diese Hand, diese Hände nun berühren wollen. Das musste doch ein Traum sein

- oder etwa nicht? Konnte so etwas sein? Mir war so schwindlig, so traurig und schwach ums Herz. Es klopfte vorsichtig an der Tür. Ich rief etwas wie „Herein", und der Kellner mit den freundlichen, dunklen Augen stand da, vor mir, mit einem kleinen Brötchen, dem Kuchen, dem Tee und einer Blüte, die sich von der Dunkelheit des Tabletts zauberhaft abhob. Er lächelte ebenso strahlend wie immer, setzte sich auf die Bett-kante und nahm sie, diese kleine, alte Hand, als wäre sie ihm unendlich wertvoll und küsste sie. „Ich glaube, dass ich heute sterben werde", sagte ich ihm. „Non ho fame". Mit dem Handrücken schob ich sein Essen symbolisch von mir, wobei ich mich bemühte entschuldigend zu wirken, immerhin wollte ich ihn nicht kränken. Meine Stimme klang aus, war kaum mehr noch als ein zaghaftes Flüstern. Da lege er die Blume in meine Hand, nickte und küsste meine Stirn. „Es ist alles ein Traum, mia cara", sprach er leise. „Alles ist ein Traum." Ich schloss die Augen und spürte dennoch, dass er neben mir saß und meinen Schlaf beschützte. Ob ich wieder aufwachen würde? Ich wusste es nicht. Doch als der erste bewusste Traum dieses bereits sehr warmen Vormittages sich auf mich legte, da hörte ich es wieder- das unsterbliche Lachen aus dem Garten, in dem ich die Nacht verbracht hatte.

Lebenszeichen / Kritik

Mal unterschwellig komisch, mal tieftraurig, nachdenklich, mal hoffnungsvoll, mal grotesk und absurd. Doch immer - und vor allem - sind sie menschlich. Es sind existentielle Verdichtungen in denen die conditio humana in all ihren möglichen Facetten gezeigt wird. („Heisenberg")

Bonus: Bibliotherapie

Literarisches / Philosophisches / Therapeutisches
Schreiben /
Zum Weiterdenken,
Weiterschreiben,
Zustimmen, Widersprechen...

Kein Tag soll mir seine Wunder vorenthalten!
(Aus: „Versatzstücke")

Ich freue mich auf den Morgen, an dem ich nicht mehr aufwachsen muss. („Bruchstücke")

Es ist ebenso vermessen jemanden nicht zu verzeihen wie ihm zu verzeihen.
(Aus: „Bruchstücke")

Je mehr ich die Menschen kennenlerne – desto mehr fürchte ich sie (Aus: „Die Reise nach Holland.")

Es ist keine Schande dieses Leben nicht zu ertragen (Aus: „Die Reise nach Holland")

Man kann einem Menschen auf viele Arten das Leben nehmen (Aus: „Die Reise nach Holland")

Der ärmste Mann ist der, der nicht einmal ein Lächeln zu verschenken hat. Hierbei dachte ich an Sven Baumwollen; den Namen hatte ich ihm nicht ohne eine gewisse, leichte, Boshaftigkeit gegeben, obgleich im Grunde ja gar nichts gegen einen ökologischen Kleidungsstil einzuwenden war.

Dennoch sah er aus wie ein versiffter Zauberer, hager und böse. Mein Stammcafé litt unter seiner schieren Anwesenheit; dessen war ich mir sicher.

Sooft ich auch versucht hatte Sven Baumwollen zu einem kleinen, vielleicht auch nur zu einem angedeuteten Lächeln zu übertölpeln - es war nicht gelungen. Sein hageres Gesicht hatte sich vermutlich bereits vor Jahrzehnten zu eben jenem grimmig-welken Ausdruck entschieden, um dann mit der reinen, mit der ergebenen Konsequenz einer tapferen Dörrpflaume in jenem Zustand zu verharren.

Weder die Dörrpflaume noch er schienen dabei jedoch – andererseits - eine besonders große Wahl zu haben.

Und so warf Sven Baumwollen das Geldstück für seinen ökologischen Kaffee jeden Tag grimmig und mit übertriebenem Schwung in das offene Kässchen, voller Verve und dass es nur so klirrte. Eines Tages, dachte ich mir, würde er nicht mehr treffen. Das Geldstück würde zu Boden rollen, sich noch einige Mal klirrend um sich selbst drehen um dann regungslos liegenzubleiben.

(Aus: „Versatzstücke")

Wer dem anderen die Wertschätzung verweigert, der verweigert sie sich im Grunde selbst. (Aus: „Bibliotherapie und Werte")

Die Nacht weiß zum Glück sich zu verstecken. Und nur denen, die sie brauchen offenbart sie sich ab und zu. (Aus: „Nebelträume")

Behandelt die Erde gut – Ihr werdet zurückkommen!
(„Bruchstücke")

Meine Großmutter hat mir so viele Bücher ge-
schenkt, dass mein Regal nicht mehr ausreichte.
Unter meinem Bett hatte ich daher eigens eine
riesige, ausgesucht feine Bücherreserve angelegt.
Es blieb kein bisschen Platz frei, so eng stapelte
ich die Bücher unter der Matratze. Das Gute
daran wiederum war, dass ich seither vor dem
Zubettgehen nicht mehr, wie sonst, minutenlang
und regelmäßig nach Gespenstern suchte.

Vor der Sache mit den Büchern hatte ich diese nämlich immer unter meinem Bett vermutet.

Und die Bücher hatten sie nun einfach vertrieben.

Ich denke mal, dass das nicht nur wegen des mangelnden Platzes war.

Bücher sind nämlich immer, jederzeit und unter allen Umständen, stärker als Gespenster.

Das ist sozusagen ein Gesetz. (Aus: Bruchstücke, Claudia J. Schulze)

Bücher sind so überaus klug. Meistens sind sie sogar klüger, viel klüger, als die Menschen, die sie geschrieben haben. (Aus: „Bruchstücke", Claudia J. Schulze)

Die Besinnung auf die unbedingte Würde des Menschen ist die größte ihm eigene individuelle und kollektive Kraftquelle.)" Bibliotherapie und Werte").

Die Zeit heilt keine Wunden – wie könnte sie, da doch die Zeit selbst die Wunde ist.
(Aus „Bruchstücke")

In der Not erkennt sich dein Bruder nicht.
(Aus: „Versatzstücke")

Stille kann so sehr schmerzen. (Aus: „Vom Mut des Drachentötens")

Sterben heißt das Leben teilen. (Aus: „Bruchstücke")

Studium der *Literaturwissenschaften, Psychologie,
Kognitionswissenschaften* und *Philosophie* in Freiburg,
Zürich, Karlsruhe und Konstanz. Abschluss in
Pädagogischer Psychologie mit Literatur-Didaktik,
Promotion in Freiburg.
Redaktionsmitglied der Literaturzeitschrift **WANDLER**
Mitglied der *Konstanzer Autorengruppe „Literarisches
Café"* und des *Steinbachensembles* (Baden-Baden)
Veröffentlichung mehrerer Kurzgeschichten sowie Lyrik
und Auszüge längerer Erzählungen in unterschiedlichen
Literatur-Zeitschriften in Deutschland, Österreich und
der Schweiz (Wandler, cet, Am Zeitstrand, decision,
Anthologien wie die Bibliothek deutschsprachiger
Gedichte,
Hörbücher (In den Schuhen der Welt, Nachtflüge)
Print- & Online-Veröffentlichungen, Print-On-Demand.
*Autorengruppen in sozialen Netzwerken mit
Veröffentlichungen*
Veröffentlichung mehrerer Rezensionen (Print- und
Online), Bibliothek deutschsprachiger Gedichte, Slam-
Poetries, zahlreiche Autorengruppen und Literatur-
Blogs, Sprecherin. Hörbücher auf der
Hörbuchmanufaktur Berlin.

„Lebenszeichen" in gekürzter Form als Hörbuch erhältlich.
Gesprochen von Werner Wilkening, Berlin
Musik: Patrick Gregor Braun
Hörbuchmanufaktur Berlin